跑攻籃球

RUNNING 5IVE

上

喬靖夫——著
馮展鵬——設定・插畫

NING

目錄

CONTENTS

RUN
5IVE

序章

Prologue

戰神
THE WAR GOD

外面的世界，正在沸騰。

一浪接一浪的擊鼓聲，就像隔山雷鳴，不斷傳入豐山堂籃球隊的更衣室裡。那鼓音，震盪著每個球員身體深處，催促得心跳加速。

很少人交談。室內充塞著一股低沉的氣壓。

有的球員索性戴上耳機，把音樂聲量開得很大，想把外頭鼓聲隔絕，排除內心的一切不安。可是這樣做並沒有用。他們坐在長凳上，手腳仍然無法控制地微微顫抖。

後面的洗手間裡，有人正躲在廁格嘔吐。

負責分派裝備的球隊管理員，也都緊緊繃著嘴唇，臉色蒼白——就連不用親身上場作戰的人，都感受到這股巨大的焦慮。

豐山堂並不是一支幼嫩的球隊，大半隊員都是能征慣戰的職業老將。就算隊中兩個新人，學生時代已有在重要賽事上陣的經驗，承受過大戰前的重壓。

但是今夜，絕對不一樣。

球員們從小至今走過的籃球人生，到底有多大的價值，都將在這裡決定。

沒有人能夠逃避這種壓力。

在沉重得令人呼吸困難的氣氛底下，唯獨一個球員，仍然輕鬆安坐著。

方宙航把一片大毛巾罩在頭上，看起來像個苦行修士，別人都無法看清他的神情；可是他張大雙腿坐在椅上，接受隊醫包紮的姿態，表現十分放鬆，簡直就像坐在自家客廳裡看電視打發時間一樣。

隊友們看見他這姿勢，甚至懷疑他是不是蒙頭睡著了。

在毛巾底下，方宙航卻很清醒。他閉目傾聽外面的鼓聲，正在享受那高漲的氣氛。

隊醫用黑色的運動繃帶，仔細地貼紮方宙航的左膝和右肩。

球季打到今天，方宙航身上已經累積著十多處大小傷患，這兩個部位最是嚴重，甚至已經接近活動困難的界限。左膝關節因為腫脹積水，賽前要由醫療助手用針筒抽取液體；右臂則必需經過大半小時的按摩，才能夠舉過肩頭高度。

若是換作平日，方宙航這種身體狀況，根本不會得到醫生批准出賽。

但是等在他面前的，並不是尋常的戰鬥。

「都會職業籃球聯盟」總決賽。

把名字鑄刻在歷史上，成為誰也無法抹去的傳奇。

世上多數的人，窮一生都沒有這種機會。

所以醫生很清楚，自己沒有資格攔阻方宙航。他只好謹慎地為方宙航包紮傷患，做齊一切最好的防護，其餘就交託給運氣。

一層層的繃帶，把方宙航右肩的太陽刺青覆蓋著。醫生再在外面為他加戴肩關節的彈性束套，檢查過ＯＫ之後，才輕輕拍了他一下：「完成。」

方宙航睜開眼睛。可是他沒有馬上把毛巾拿下來。

他不要讓隊友看見自己辛苦的表情。

——絕對不能讓他們看見我的虛弱。

他緩緩深呼吸了好幾次，才準備好挺身站立。方宙航感覺自己的軀體，彷佛比真實年紀衰老了幾十年，每個關節都用僵硬和痛楚向他發出強烈的抗議。

——這球季真的好漫長……簡直就像連續打了三年……

方宙航再一次吸氣。

——站起來啊。

——最初這一刻，總是最艱難的。

——可是只要身體站直了，其他一切感覺都會回來。

外面滾雷般的鼓聲，喚醒了方宙航的戰士魂魄。他離開摺椅，腰身從彎曲變成挺直。

他把毛巾拉下來，露出編成玉米般的辮髮，還有一張帶點懶洋洋的俊臉；再整理一下身上的豐山堂黑色7號球衣，然後才掃視更衣室裡眾多隊友。

有四個隊員並沒有換穿球衣，都是今夜無法上場的傷兵。糟糕的是當中三人都是球隊的先發主力，包括隊長兼正選中鋒、豐山堂的禁區守護神江國宏。

這是豐山堂隊進軍「都球」（Metro Ball）總決賽的代價：經過季後賽兩圈共十一場激鬥，隊中猛將逐一因為新傷舊創而退下火線。教練雖然已經急忙從預備軍裡找來隊員填補，但是那些人的實力根本不足以在嚴苛的總決賽戰場上生存。豐山堂實際只剩下八個隊員能夠輪替上場。

相反，對手的陣容卻大致齊全。他們比豐山堂少打了三場球就晉級到總決賽，得到非常充裕的休息時間，而且骨幹的三大球星連線——巨塔麥蘭奇、飛人李纓和閃電後衛封寶榮，全部都處於極佳狀態。

更可怕卻是精神層面的威脅：這對手不只是一般強隊，而是「都會職籃聯盟」常勝名門——森川重工。

曾經奪取九屆總冠軍，締造過四連霸驚人紀錄，也是本季強勢衛冕的霸主。「都球」歷史上最成功的第一強豪。

面對森川重工的不動氣魄，豐山堂就像迎頭撼向一面鋼鐵高牆——三天之前，總決賽開幕戰，他們以32分巨大差距慘敗，就有這樣的無力感。

「都球」總決賽採取七場四勝制，今夜雖然只是第二場，但是誰都知道，豐山堂要是無法在此阻斷森川的強勢，一切都將無法挽回。

這場球，實際上已經是豐山堂的背水之戰。

這段日子不少的媒體球評，都提早批判豐山堂必敗，並且預言這將是「Metro Ball近廿季以來最沉悶、最沒有懸念的一屆總決賽」。

更衣室裡所有人都讀過那些評論。他們覺得，自己就像在跟全世界戰鬥那麼沉重。

方宙航是最後一個作好出賽準備的球員。眾隊友看見他起立的動作很自然，似乎沒有受傷患和疲累影響，心裡稍感安慰，都朝著他聚集。

一直坐在更衣室角落的潘義貴教練，這時也帶著助教走過來。

他手上拿著寫滿戰術代號的紙卷，但是心裡明白，自己再花更多心思去調度攻防，都補救不了今夜兵微將寡的惡劣形勢。這是潘義貴十八年職業隊執教生涯面對過的最大逆境，卻偏偏就在總決賽這個最高的舞台上發生，運氣實在壞到不得了。

眾人沉默站著，你眼看著我眼。

平日這種時刻，隊長江國宏都會率先發言。這七年來他一直都擔負著豐山堂靈魂支柱的角色。可是今晚身穿昂貴西裝、拄著拐杖的他，只能緊閉嘴唇。在季後賽的前一圈，贏得總決賽入場券那重要一仗裡，江國宏右膝舊傷不幸爆發，餘下的所有賽事都無法再上場。失去了他在禁區裡的制宰力，球評馬上認定豐山堂在總決賽必敗無疑，大半更預測森川重工將以場數4－0橫掃，輕鬆奪得本季總冠軍。江國宏覺得自己的身體沒能挺住，很對不起隊友，已經失去說話的資格，於是只站著沒有作聲。

潘教練一時也想不到應該對隊員說些甚麼，他跟江國宏和其他人一樣，只是無言注視著站在中間的方宙航。

只有6呎（183公分）高度、身型瘦削的方宙航，是全隊裡最矮小一人，而且今年只得廿四歲，僅僅比兩個新人年長。他本季才轉隊過來加盟豐山堂，穿這套黑球衣的資歷比誰都淺。

但是所有人知道，他是球隊此刻唯一的救贖。

史上最年輕「都球」MVP。連續四季得分王。被球迷冠以**「戰神」**稱號、註定要在籃壇歷史上留名的人物。

假如說，有哪個球員能夠扭轉豐山堂眼前的絕境，就只有這傢伙。

方宙航當然也十分清楚，球隊所有人對他寄託了多大的期望。

他並沒有逃避，甚至很享受這種時刻。

因為到了這種重要關頭，他再沒必要保持謙遜，也不用掩飾甚麼，可以盡情把最真實的自己，呈現在眾人面前。

受別人託付最多的時候，方宙航反而感覺到無比的自由。

他看了潘教練和江隊長一眼，得到他們以表情授意後，就在鼓聲襯托下開始發言。

「你們知道嗎？在籃球場上，有三個字我最討厭。」方宙航左右看看隊友說：「**『不．可．能』**。」

他臉上平時那股慵懶氣息消退了，眼神閃出鋒銳的光芒。

「不管是怎樣的比賽，對方最終其實都跟我們一樣，只有五個人類上場；同樣只得十隻手，十條腿；沒有身高12呎，或者用3秒就能夠跑完40碼的外星怪物；一樣會疲倦，會害怕，會懷疑自己。

「在我眼裡，沒有所謂『不可能』打贏的對手。」

球員聽著不禁點頭，朝方宙航靠得更近更緊密。更衣室的氣氛開始轉變。

小前鋒張齊勇聽得入神。除了方宙航，他是今晚唯一能夠上場的原正選球員。張齊勇瞧著方宙航說話的模樣，感到胸中有團火被點燃了。

「我今季才轉過來這支球隊，跟大家一起打球的日子，其實不算很久。」方宙航繼續說：「可是我相信，這八個月發生的一切，我到死的那天都會記得。我們一路作戰到總決賽，已經刻下一道永遠抹不掉的軌跡。」

隊友聽著，回憶起這個漫長球季裡，每次艱苦的戰鬥與甜美的勝利。那些動人回憶，漸漸掩過心頭的焦慮與壓力。

方宙航指向更衣室大門。

「現在只不過差一步，我們就能夠抓住這八個月裡一直想著的那東西。就剩下這一點點距離。放在我們眼前的事情，其實十分簡單，只有兩個選擇：做，還是不做；在這裡認輸，還是決心再拚一次。我知道大家心裡有甚麼答案。」

再次看著隊友的方宙航，臉上散發光華。

「跟我走。我無法保證勝利；但是我保證，會帶大家觸摸到勝利。大家要做的，就是用最後一口氣，把手伸出去，緊緊抓住它！」

球員們群起發出吼叫。更衣室裡原本沉積的氣壓，一掃而空。

他們圍成一圈，伸出手掌交疊，叫喊出豐山堂的傳統口號。

「One two three, TRUE BLACK!」

● ● ● ● ●

穿著全黑衣服的豐山堂球員，一個個帶著高漲士氣，通過長長的走道，奔跑進「星空巨蛋」（StarDome）主場館。

迎接他們的，是更響亮的鼓音。

那一直擊奏著的鼓聲，並不是駐場DJ播放的預編音樂，而是在現場擊打出來的：以忠誠和熱情著名的豐山堂球迷團，將一座巨型太鼓搬上觀眾席，由八個年輕壯健的團員輪流擂打，並連接著他們自備的擴音機，那強勁鼓聲震盪著整座23,000席球場的空氣，為的就是要在開球之前，營造出壓倒敵方的聲勢。

——因為他們都知道，愛隊承受不起再輸這一場。

「星空巨蛋」今夜全館爆滿，黃牛票在網路上炒賣到超過原價的雙倍。

「都球Metro Ball」是全城最受狂熱追捧的職業運動，而這場又是今年最重要的比賽，具有無比的叫座威力。

身穿一色黑T-shirt的豐山堂球迷，跟紅衣的森川重工打氣團，被安排坐在隔得遠遠的兩邊，以防雙方發生磨擦衝突。森川是「都球」最受歡迎的傳統強豪，球迷數量自然壓倒地佔多，三分一座場館都漫成了一片紅海。這種猶如「半主場」的氣氛，向來都是森川重工的優勢。

在豐山堂打氣區旁，另外聚集著一群穿白衣的球迷，大約有兩、三百人。他們並非任何球隊的死忠，而是方宙航的個人球迷團，在觀眾席上拉起印著「**HEART and SOUL**」和「**心魂**」的巨旗，黑墨大字在白布上飄揚，顯出一股獨特的氣勢。

——「HEART and SOUL」，是方宙航以十七歲之齡加盟「都球」開始就出現的專屬應援口號，也是他打球風格的完美形容。

方宙航是最後一個從走道出口現身的黑衣球員。一看見他，「星空巨蛋」

馬上揚起海嘯般爆發的聲浪。支持者的瘋狂歡呼，與敵對球迷的咒罵相互交織；還有純粹看熱鬧的觀客，也因為目睹當今「Metro Ball」第一偶像登場而發出呼叫。

面對這麼震撼的叫聲，感受到如此巨大而混雜的情緒亂流，看著萬人在席間有如潮浪般湧動……方宙航心跳加速。

——不是因為緊張，而是極度興奮。

——他只想這場球快點開始。

方宙航仰起頭，朝著球場廣闊的圓頂，張開雙臂高舉，接收這一切。

我就是為了這種時刻而生。

●●●●●

第四節。時間剩餘4:41。

等待重新開球的方宙航，低身彎腰，雙手支著膝蓋，大口大口地喘息。

他的瘦臉顯得鐵青，眉頭緊皺成一團，已經無法掩飾沉重的疲勞和痛楚。

尤其是最要命的右肩和左膝，雖然有層層黑色繃帶與護套幫忙支撐，裡面的關節卻疲軟得像受到腐蝕。從他辛苦的表情看來，身體似乎隨時都要崩潰。

可是當球一開出，比賽的時鐘跳動起來時，方宙航就再次邁開腳步。

沒有人知道，他的力量從何而來。

上方高處的巨型記分板，標示著豐山堂仍然以83－91落後。

籃球傳到方宙航手裡。

先前看來虛弱不堪的他，一球在手，驀然又變回平日的戰神。

他運球上前的動作，最初還帶點懶散；可是一過了中場線，跟防守的對手稍微接近，眼神和身姿就突然改變。

好像身體裡開動了另一個檔次。

7號黑球衣的身影，彷彿瞬間減輕了重量，在森川重工的紅白色球衣之間，以折線左右變向穿越而過，一眨眼就突破了兩個對手，連腳步出名快速的森川後衛封寶榮都無法跟上。

方宙航成功侵入到籃框前。可是森川的巨塔中鋒麥蘭奇，正等在那裡。

7呎1吋（216公分）身軀的巨大陰影，從高而下籠罩著方宙航。

方宙航仍然無畏地往上跳躍。

即將與麥蘭奇碰撞的瞬間，方宙航不靠眼睛只憑感覺，將球往左後方傳出，同時在半空裡扭身閃躲。

籃球送到了後上支援的隊友張齊勇手裡，方位和力度都準確無誤。所有森川球員的站位和注意力，都已被方宙航吸引過去，張齊勇面前再無阻礙，只剩下籃框。

方宙航雖然在空中極力閃避，肩頭仍然與麥蘭奇相撞。他比對方輕了50磅以上，一碰之下，整個人往後倒飛。

方宙航著地同時，張齊勇雙手把球狠狠灌進了籃框！

由於在相撞前最後一刻，方宙航已經把球傳了出去，裁判的注意力轉移了，一切都發生得太快，哨子一時並沒有吹響。甚至連豐山堂球迷都只顧為張齊勇的灌籃歡呼，沒有留意方宙航被猛烈撞倒。

森川的小前鋒李纓是經驗豐富的老將，趁機一聲不響撿回籃球，迅速從底線開球發動反擊。

封寶榮接到，馬上就運球推進。

可是就在這一瞬，從看不見的低處，伸來了一隻手掌，時機恰好得就像能預知封寶榮的動作，一下就把球抄走！

盜去這球的人正是方宙航。現場誰也沒有看見，他在甚麼時候已經重新站了起來。

——沒有抱怨裁判不吹哨。沒有被猛撞墮地的痛楚麻痺了意志。沒有顧慮身體哪處受傷。

——心裡只有籃球與分數。

FUNG
2

方宙航抄到球後所處的位置，已經近在森川的籃框前僅僅五呎。他的身體彷彿用橡膠造一樣充滿奇異彈性，雙手一拿穩了球就馬上轉腰調整姿勢，往上直接舉球跳投。

然而場上身材最巨大的麥蘭奇，這時正好站在他與籃框之間。

這位全「都球」身價最高的外援洋將，剛剛才當選本季最佳防守球員。他的長臂迅速延伸，及時把方宙航的投籃角度封死，眼看就要把這球收下——

方宙航在完成投球動作之前的瞬間，腰身卻硬是在半空中發力一挺，右肩頭、肘彎與手腕關節配合加力，在最後一刻改變了籃球脫離指尖的角度。

——這種身體協調能力，世所罕有。

皮球以高得誇張的拋物線，剛好越過麥蘭奇的手指頭，然後就像被施了魔法般，神奇地穿過籃網中央。

二萬多人一起猛然站立高叫，不敢相信眼前景象。

就算是坐在巨蛋觀眾席最高處的球迷，此刻看著場上方宙航那遙遠而細小的身影，都激動得無法言語。

——**他們永遠不會忘記這一夜。**

投完球後的方宙航，沒有做任何振奮慶祝的動作，只是木無表情地倒退回後場，眼角往上方記分板瞄了瞄，心裡只想著一件事：

——還差4分。

場邊的攝影師舉起長鏡頭，將他這副眼神冰冷的表情，還有野獸般充滿侵略感的防守姿態，及時捕捉了下來。

此刻的方宙航，肉體與靈魂完全燃燒，存在於永恆。

第一章

Chapter 1

新人
ROOKIES

1

一道生鏽的大鐵門，發出金屬磨擦聲，慢慢被拉開來。

王迅放開門柄，卻沒有馬上走進去，而是閉上眼睛站在門前。

——啊。這味道……

從裡面迎面撲來的，是一股他非常熟悉的氣味：混雜著淡淡的汗臭、地板清潔劑、鐵鏽和按摩藥膏的味道；是每一座陳舊的體育館獨有的氣息。

——好懷念啊。

這氣味，跟王迅剛剛告別了不久的大學練習場，一模一樣。

正式畢業了才不過三個月，王迅卻感覺漫長許多。他閉著眼睛，呼吸著鐵門裡這空氣，四年大學生涯的許多回憶，驀然湧上心頭。

這氣味甚至令他心跳都不由自主地加快，就好像真的回到從前學校每天的晨練。耳邊甚至聽得見貝教練的吼叫聲：

「**It's Time to WORK!**」

——是時候工作了！

沒錯，這就是貝守義教練每天在大學裡向球員們灌輸的哲學：**在他麾下打籃球，不是遊戲（Game），而是工作（Work）。**

「心裡只想著來玩的話，去外面的街球場混就好了！別留在這裡！我不需要你！」

四年裡，王迅和大學隊友已經不知被教練這樣臭罵過多少次。但是現在嗅著場館的氣味，回想起這一切，他心裡卻感到溫暖。

還沒有看第一眼，王迅已經愛上了這個地方。

他睜開眼睛。

場館裡很昏暗。天花的燈管沒有亮起，只靠高處氣窗投下少許陽光，映照著空無一人的球場。

即使這樣，王迅也看得出這個場地十分殘舊：地板夾雜了不同顏色的木條，維修得不太整齊，看來也非常髒；兩頭的籃球架都是舊款，籃板沒有用比賽規格的透明式，一邊的繩網已經斷了一半，垂著沒人更換……這種保養狀況，比許多高中球場還不如。

但是王迅並不介意。看著這些老舊的設備，單是想到自己以後每天都能夠來這裡打球，他已是興奮無比。

王迅終於跨進鐵門裡，走往球場的中央，腳下一雙黑皮鞋在木地板上咯咯作響，在這座舊倉庫改建的練習場裡，回音格外的響亮。

王迅今天穿著一套整齊又簇新的黑西裝，可是看起來卻半點沒有上班族的模樣。他的皮膚顏色曬得像銅，頭髮編成野性的玉米辮，再加上一張高中生般帶點天真的臉，全都跟一身端正西裝格格不入；6呎4吋（193公分）的高大身軀略微駝背，走起路來步姿粗魯，垂著一雙比常人格外長的手臂……說得直接些，他看起來有點像一頭穿錯了人類衣服的野猴。

王迅蹲在球場中間，垂手摸摸木板地的灰塵，又抬頭看看漆色脫落的鐵框。

——這裡，就是我新的出發地啦。

他好奇朝著練習場四周張望，終於視線停留在一道牆壁上。

那裡掛著一面巨大的藍色旗幟，放射狀的星形隊徽旁，有一行四個工整有力的刺繡大字：

南曜電機

還印有英文隊名「**SOUTH STAR**」。

王迅知道，這面陳舊的隊旗，已經存在了幾十年，象徵著非常深厚的籃球傳統。

而他自己，也即將成為這傳統下的一員。

在本地籃壇歷史悠久的南曜電機隊，今天只是一支停留在次級「AAA聯賽」的半職業球隊，早就遠離了昔日的榮光。

可是對於王迅來說，這卻成了一種幸運。在這個城市，籃球是頭號最受歡迎的運動，每年出產的優秀大學球員多如過江之鯽；假如不是像南曜這種低一級水平的球隊，王迅絕不可能擠得進來。

大學籃球員多數都領獎學金就讀，或者靠實力而獲得推薦入學，個個在高中時代都曾經是喚得出名字的猛將；然而只要畢業離開校門，外面就是另一個更高層次的世界，能夠以籃球為職業、繼續延續球場夢想的人，其實百中無一，只因競爭實在是太激烈。

王迅出身於明城商業大學，並非甚麼一等的籃球名校。他今次得到南曜這種半職業的企業球隊招手，已經是該校近五年來唯一一人。

——成為了社會人，還能夠每天打籃球，真是太幸福啦……

王迅笑得露出皓白的牙齒，開心地猛搔著後腦的辮髮。他仰頭看看這座圓筒形倉庫的屋頂，又瞧瞧球館四周。這麼殘舊又簡陋的訓練設施，跟萬眾矚目、光輝亮麗的職業籃球世界，距離十分遙遠。

王迅卻沒有失望。從高中到大學，他早就習慣了從這種地方起步。

「做正確的事。籃球自會帶你到你想去的地方。」

這是貝教練經常強調的一句話，王迅此刻想起來，一股熱血湧上了胸膛。

他不管了，左右看看練習球館裡確定沒有旁人，也就伸腳就把皮鞋踢去，脱掉襪子和西裝外套，鬆開領帶與襯衫鈕釦，張開雙腿，降下身體，背對籃框，在禁區頂擺出防守的姿勢。

王迅把一雙長臂往兩側打開，左手張在腰部高度，防止對方切入，並且伺機從下偷球；右手則高舉過肩，隨時準備封鎖上方的傳球路線與投籃角度。

他擺出這個苦練多年的守備姿勢，身體好像馬上變大了一點點。眼神銳利而專注，凝視著面前的虛空。

在他前方，漸漸出現一個人形。

——這當然不是現實，而只是存在於王迅腦袋裡的想像。

這個擬想的幻影，在王迅面前凝聚，好像變得具有實質的份量。

是一個正在運球接近過來的敵人。

王迅甚至「聽」得見，皮球在地板上彈跳的節拍。

幻影即將走到三分線前。王迅知道這個對手的長距離三分球有多危險，絕不想給敵人在這個位置有出手的空間。他一雙赤腳迅速滑過地板，以急密的碎步上前阻截！

王迅貼上去的一刻，那個幻影把身姿降低，跨出大步運球，直接要從王迅右側越過去，時機掌握得十分精準，是一種看見機會就猛噬的殺手本能！

但是王迅早有準備。他太熟悉這個對手了。

他的右腳往斜後方跨開，搶回被對方佔取的距離，雙腿緊接飛快橫移，上身張臂挺胸，阻止了對手的突破路線。

幻影被堵截著，馬上急停，用一記快速的胯下運球收住腳步，避免撞到王迅身上；它繼而緩緩後退，重新拉開距離，保持著拍球的同時，似乎正在觀察王迅，思考下一波要如何攻擊。

這種淡定自信的氣勢，就像猛獸面對爪前獵物。

王迅也重整自己的防禦姿態，全身上下都維持在一種既放鬆、又警覺的狀況，並且保持平衡，隨時對各種進攻方式作出反應。

他全身熾熱得沸騰。

——我會把你攔下來。

王迅就這樣，一個人在空蕩蕩又昏暗的陳舊球場裡，不斷來回跑動，雙手朝各方位阻擋，牙齒之間吐出激烈的氣息。

如果現在場邊有觀眾，大概會以為正看著瘋子獨自跳舞。

但是在王迅腦海的世界裡，自己正投入一場十分重要的決鬥。

一次又一次，他都截下了對手多變的攻擊。那個幻影施展出的假動作和變化運球，組合越來越複雜，而且半點沒有要慢下來的跡象；有血有肉的王迅，卻面對疲勞和缺氧，防守漸漸變得吃力，汗水從額頭一直流到下巴。

這場幻想的對決，對王迅而言，無異於真實的戰鬥。

王迅憑空就能夠想像出一個這麼真實的敵人，只因他從十五歲開始，七年來每天都做著同樣練習。

他每次幻想的，都是同一個對手。

不過以後他再也不必靠想像了。

——因為這個人，就在南曜電機隊裡。

終於王迅一次稍微遲疑，身體重心過度偏在左腿上。對這個敵人來說，小

小的破綻，已經是必殺的契機。

虛幻的人形，像風般掠過王迅身邊。

落敗的王迅站直回頭，看著幻影乘奔跑之勢躍起，姿態完美地朝籃框飛翔。

隨著那顆虛幻的籃球穿過繩網，幻影猶如雲煙，在王迅眼裡飛散消失。

2

王迅站在空空的練習球場上，一切都復歸寧靜。

他流滿汗的臉，從剛才的戰鬥狀態裡放鬆了下來，喘著氣的同時，再次展露出少年般的笑容。

他心裡正在熱切期待，跟那個幻影的本尊見面。

不用等很久。球隊正式開始操練那天，就會遇到。

——到時候，我應該怎麼跟他打招呼？

想到這裡，王迅急忙整理好襯衫，垂手站得筆直，想像著那個自己崇拜的人物就在面前，思考要怎樣自我介紹。

「……前輩，你好！我叫王迅！」他對著空氣恭敬地鞠躬：「你是我的偶像！看看，我這個髮型，就是因為你而編的——哎呀！」他覺得這樣說好像太直接，打了自己額頭一下。

——不行，太失禮了，他可能會不高興……第一個印象很重要……

王迅繼續自言自語，嘗試了好幾句不同的開場白，可是都覺得不太自然，苦惱地搖頭。

算了，反正還有好一段時間，之後再慢慢想吧。

王迅擦去臉上的汗水，把襪子和皮鞋找回來穿上，撿起丟到一旁的西裝外套。

「啊，那邊有開燈……」

王迅這時才察覺，在場館後頭角落處，一道房間門口透來微弱的燈光。先前他一踏進來就完全被籃球場吸引，根本沒有留意那邊。那道門內似乎有人。這種時間是誰在裡面？他帶著好奇走過去。

那是球隊的辦公室正門，此刻正半掩著。王迅探頭進內，看見裡面排列著幾張辦公桌，四處頗為凌亂，疊滿了紙箱、文件、各種運動裝備和球隊的打氣用品。

當中只有一張桌子整理得特別整潔，桌前亮著燈光，還開啟了一面電腦屏幕，雖然沒有播出聲音，但王迅瞥一眼那畫面的光影，就知道是籃球比賽的影片。

辦公桌前坐著一個人，正背著王迅在埋首工作。

王迅慢慢走近過去。他不想驚嚇對方，於是隔著幾步就停下來，準備開口打個招呼。

坐著的這個人卻非常警覺，搶在王迅說話之前，已經將辦公椅轉過來。這人一轉身，束在腦後的長長馬尾辮，在空中瀟灑地揮了半個圈。

正面相對，王迅才發現對方原來是個女生：額上戴著橘色頭帶，穿著一襲

貼身的運動服，雖然坐在椅上，仍然看得出身材頗高挑；嘴唇間橫咬著鉛筆，一雙大眼睛直直盯著王迅。

王迅沒想到會在這裡突然遇見年輕的女生——還長得蠻好看——頓時呆住了幾秒，然後才回過神來，高聲說：「你好！我是……」

女生迅速把食指貼上嘴唇，發出短促的「吁～～」一聲，打斷了王迅。「我當然知道你是誰。」女生把咬在皓齒間的鉛筆拿下：「我是球隊訓練員。你別這麼大聲，會吵醒他。」

王迅聽見對方自稱是訓練員，不禁再仔細看看她的辦公桌。屏幕上播放著歐洲職業籃球的賽事，桌上則攤著一疊紙，王迅瞄到了，那是他非常熟悉的東西：籃球的戰術圖。

——這女孩，好像不止訓練員那麼簡單呀……

王迅不太明白，女生說「會吵醒他」到底是甚麼意思，但也依從地把聲音壓低著問：「你說的『他』……是誰？」

女生略側了側頭，示意旁邊訓練室的方向。

王迅放輕腳步走過去，小心地往門裡張看。

在幽暗的訓練室舉重間內，王迅的眼睛很快就辨別出一個身影。

那男人靠躺在舉槓鈴用的長凳上，正沉沉入睡，身上披著有點髒的殘舊運

動外套，露出一顆長著亂蓬蓬捲髮的腦袋，瘦臉上蓋著落魄的鬍碴。

這副模樣，好像一個偷偷潛進來睡覺的流浪漢。

但是王迅一眼就認得出他是誰。

這個人的大幅海報，十年來一直都貼在王迅床頭。

而且幾分鐘之前，王迅才剛剛在外頭的球場上，跟這個男人的幻影單挑對決。

王迅張著嘴巴，一時無法言語。

三個月前，當他確定自己被南曜電機隊選上時，就一直在期待：入隊後第一次碰上偶像方宙航，將會是多麼感動的情景。

想到自己將要跟方宙航穿著同隊的球衣；天天在同一個練習球館裡見面交談；甚至可以在正式比賽中並肩作戰……王迅幾乎每夜都興奮難眠。

可是他沒想到，自己以南曜隊員身分，首次遇上方宙航，竟然是現在這樣的情景。

王迅還看見，在方宙航睡覺的那張長凳底下，放著一件東西：

一個已幾乎喝光的威士忌瓶。

看見這酒瓶，再瞧著方宙航沉睡中滄桑的面容，王迅的心迅速下沉。

——所有關於方宙航最糟糕的傳聞，看來都是真的。

3

方宙航，曾經在八年間主宰最頂級「都會職籃聯盟」的得分霸王，本地球壇公認的絕世天才。

十七歲時他拒絕了所有大學名門招手，高中畢業即直接跳進職業籃球世界，從第一天開始就在「都球 Metro Ball」裡掀起風暴。雖然只有6呎身高，但是他以閃電高速、萬花筒般的多變技巧，與超常的球感，在場上撕破敵陣出手砍分，猶如探囊取物；到職業第二年，他進一步練成刺客級的神準遠投，攻擊力更是無人能擋。

廿三歲那個球季，他憑著場均36.8分勇奪聯盟得分王寶座，同一年更當選「都球」常規賽季MVP（最有價值球員），打破了歷來獲得這項頂尖個人榮譽的最年輕紀錄。

方宙航曾經簽下「都球」史上最豐厚的球員合約，而且因為外型與衣著風格出眾，各種代言廣告都不斷找上門來，而他的球衣及各種個人周邊商品，在聯盟裡亦長年佔據銷量首位；他曾經與十幾位當紅女明星和模特兒交往或傳出緋聞，是報章娛樂八卦及綜藝電視節目的常客，年紀輕輕就是籃壇上名利雙收的天之驕子。

那些年，只要是方宙航帶領的「都球」球隊，每支都成為有力的爭標強豪，可惜總是因為各種不幸的際遇而失落總冠軍。

最接近頂峰的那次，是在距今七年前，方宙航率領老牌勁旅豐山堂殺入了總決賽，卻因為球隊在先前連番血戰裡累積了太多傷患，導致兵源短缺，方宙航本人亦要頂著嚴重的傷痛奮戰，兵疲將寡之下，最終以1－4場數不敵森川重工，與夢想中的冠軍指環擦身而過。

自從那次之後，方宙航就再也不曾重返「都球」總決賽。

儘管未能奪冠，當年的球員、球迷與媒體，對於忘我奮戰的方宙航都充滿敬重，視他為帶著悲劇英雄色彩的「無冕王者」；**是以瘦小身軀挑戰無數巨人、燃燒肉體與靈魂的捨身「戰神」**。

如此耀眼的巨星，卻在那次總決賽兩年之後，就迅速失去光芒。離婚、財困傳聞、醉酒駕駛被捕、球場上體能與表現暴跌……在一、兩年之間，他的不利消息密集得令人記不清，到底是哪件事情首先爆發，導致他的墮落。

媒體、演藝界、時尚界與品牌商漸漸都不敢再碰他；然後是球圈內部，各隊教練之間開始流傳一個說法，認為方宙航已經是一件「損壞的商品」。

他接連兩次被交易轉隊，最後都以災難作結；到了前年，方宙航終於被「都球」所有球隊放棄，被迫流落到次一級的半職業「AAA聯賽」南曜電機隊裡來落腳——那時他才廿八歲，本應處於球員心、技、體最均衡的巔峰。

方宙航的球員生涯，就像一首猝然而止、作者忽然寫不下去的英雄詩歌。

王迅看著自己崇拜多年的偶像，散發一身酒氣，沉睡在訓練室裡，失望得默然無語。

在大學三、四年級這最後兩年，王迅升上了球隊正選之列，同時學業功課也變得更繁重，忙得就像在打兩份全職工作，根本沒有閒暇去現場看球賽；而半職業的「AAA聯賽」，在媒體和網路上得到的報導數量不高，遠不如大受歡迎的「Metro Ball」，因此王迅沒能了解方宙航在南曜電機隊裡的近況，只是偶爾靠一些網上精華影片看到他打球的模樣。

從影片裡王迅看見，方宙航的速度和爆發力雖已不再如往日鋒銳，體能也明顯衰退，但仍然能夠不時展現出昔日的殺手本能與華麗技巧。

王迅一直相信，方宙航只是陷於一時的低潮，何況才剛剛年過三十，只要立定決心重新調整，以他曾經奪得聯盟MVP的身手，要重返「Metro Ball」應該是輕而易舉的事情；而能夠趁著這個「空窗期」，在南曜隊跟方宙航成為隊友，王迅覺得自己真的極度幸運……

可是他沒想過，近距離親眼所見，真實的方宙航，竟然糟糕到了這個地步。

那位女訓練員也走過來訓練室門前，從王迅身後探頭看看方宙航。

「……因為現在還是休季，他才會這麼放鬆的吧？」王迅凝視著偶像喃喃說：「球隊的正式操練一開始，他就會把自己的身體調整好……是這樣吧？」

王迅這番話，與其說在問身後的女生，不如說是自己主觀的希望。

女訓練員瞧著王迅，看見他梳的是跟從前方宙航相像的辮髮，馬上就明白了。

「你是他的的忠實球迷？」

王迅點點頭，視線仍然沒有離開方宙航。

「我十五歲那年，去了現場看他打『Metro Ball』總決賽。第二戰。」

「是唯一贏了森川重工那場球。」女訓練員馬上就回答。

王迅聽了轉過頭來，朝她一笑。

——是貨真價實的球迷呢。

「對啊。那場比賽開打前，我還偷偷溜進了更衣室的走道，很幸運碰到正要上場的他，跟他談了幾句話。」王迅回憶著說：「那時候我已經差不多有6呎高，他一看就知道我也打籃球。他給我簽名，還跟我說了句『加油』，碰了碰拳頭。」

王迅瞧著方宙航那張宿醉昏睡的臉。

「當時他正在準備迎接人生裡最重要的比賽，卻竟然叫我這個不認識的小子加油！那一刻**我感受到，他有多喜歡籃球。**」

●　●　●　●　●

七年前那個夏夜，坐在本地籃球最高殿堂「星空巨蛋」裡，十五歲的王迅，緊緊握著剛剛得到方宙航親筆簽名的場刊，目不轉睛凝視著下方發光的球場。

他坐的是全場最差勁的位置——籃板後方最遠最高那一排座位。王迅花光存了許久的零用錢，才由網路黃牛黨手上，買到這張昂貴的「Metro Ball」總決賽門票。

從座位俯視下去，場上跑動的球員，一個個細小得就像迷你玩具兵。但是少年王迅沒有失望。只要能夠坐在這聖地裡，呼吸到巨大圓頂底下的總決賽空氣，一切都值得。

就算距離球場這麼高又這麼遙遠，王迅跟坐在同區域的球迷，還是一眼就分辨出方宙航在場上的身影。

因為無論是運球切入、跳躍出手還是跨步旋轉，方宙航每一個動作，展現出來的速度與協調，總是超越場上所有人。即使跟其他九個球員跑在同一片球場上，他卻彷彿身處不一樣的次元。在那個只屬於他的空間裡，重力與空氣阻力都變得格外薄弱；每一步，猶如毫不費力。

只有每當吹哨暫停之後，巨蛋上方的大型電視幕播放著球員特寫時，觀眾才看清楚方宙航的臉，正泛著多麼沉重的痛楚與疲憊。他們這才明白：

方宙航那些驚人的動作，背後完全是靠著強大的精神力量驅動支撐。

球賽打到中段。正如絕大多數球評的賽前預測，森川重工承接著第一場大勝的強勢，一開球就壓著對手打擊，已經牢牢掌握了20分的優勢。豐山堂似乎沒有任何勝機。

但是這一夜，方宙航拒絕讓球隊崩潰。他決心要以一人意志，支撐整隊豐山堂。

下半場開始後不久，他就帶動隊友發起一浪接一浪的攻擊。森川重工則有如一道鐵壁，把這些攻勢接連地抵擋下來。

然而身穿黑球衣的戰士並沒有停下。

從第三節下半開始，形勢漸漸轉變。比分差距在不知不覺之間，一點一滴地縮小。

一直激戰至第四節的最後5分鐘，分差終於減少為個位數。

方宙航像嗅到血腥的鯊魚，乘勢緊咬不放。

在不足1分鐘裡，他一次不要命的切入分球，傳給張齊勇在無人防守下猛力灌籃；自己再緊接抄走森川的開球，在敵方的巨人中鋒麥蘭奇面前，施展出一招超高難度的後仰跳投（註1），一眨眼追到只落後87-91。而時間還有4:08。

整座「星空巨蛋」，陷入了徹底瘋狂。

下一個攻勢，森川重工很快就奪回2分。豐山堂由於有三個正選受傷缺陣，兵力嚴重不足，球員們打到這個階段，體能都已快將消耗至見底，實在難以抵擋森川強橫的攻擊。

但這時壓力其實在森川重工那一方。即使面對已然疲弱不堪的豐山堂，他們也不可能確保每次進攻都必定得分。

相反，現在整座場館的所有人也相信，方宙航每次攻擊都不可能失手。

站在他們眼前的，是能夠創造奇蹟的「戰神」。

在豐山堂球迷團的太鼓聲中，方宙航再次帶球上前進擊。

森川的教練是「都球」老牌名帥楊煜，他以重視整體策略與團隊而著名，對方宙航這類天才型球星，一向嗤之以鼻。可是到了這個關頭，他也不得不做出調動應對。

楊煜在場邊下達了指令。

當方宙航將要越過中場線時，森川兩大主將封寶榮和李纓，同時朝著他趨前過來。

一個是當今「都球」公認的首席防守後衛；另一個是擁有四分一黑人血統，以彈跳力、速度和臂展聞名的強悍小前鋒。他們本身的個人實力，加上楊煜的鋼鐵防守體系，這雙人壓迫包夾（註2），足以令整個聯盟任何球員都畏懼。

——而能夠得到森川重工用這種極端手段招呼的，全「Metro Ball」只有一人。

方宙航面對他們，卻沒有顯露絲毫畏懼，反而向隊友以眼神示意。

——留意著我。機會隨時出現。

---

① **後仰跳投**（Fadeaway），往後方起跳的出手跳投，以拉開跟防守者的距離，避免被封阻。常常會配合轉身使用，令它更難防守。由於身體是朝著籃框的反方向跳開，需要更多投球力量去補償，所以後仰跳投要求較高的體能和爆發力，命中率也往往較低；但是一旦掌握了，卻是非常難以抵擋的武器。後仰跳投是許多NBA頂尖球星的絕招，包括「籃球之神」Michael Jordan。

② **包夾**（Double-team），是在防守時派出兩名隊員，去夾擊箝制對方一人，對象通常是厲害的攻擊好手，無法單對單守住，而要使用這策略。做包夾的同時，其餘三個隊友要兼顧防守四個對手，一旦被破解就很容易出現致命空檔，因此是具有一定冒險性的手段。

封寶榮和李纓並沒有馬上緊貼，而是誘導著方宙航進入他們的包夾陷阱。他們不擔心方宙航提早把球傳出去——只要球不在方宙航手上，這防守就算成功。

方宙航對空間方位的直覺，卻比他們預想中還要厲害。他洞悉到兩人的意圖，反而突然加速，先一步主動朝封寶榮進攻！

李纓馬上趕來夾擊。方宙航這動作卻原來是佯裝，早就把李纓的反應和動作預算在內，他以神速得詭異的換手運球急激改變方向，並把身體壓低到探手就能摸到地板的高度，大步從李纓腋下鑽過去！

封、李兩人想補救包夾的漏洞，但相比閃電似的方宙航，已然慢了半拍，一眨眼就被他甩在身後。

方宙航順勢揮動右臂，一記準確而強勁的彈地長傳，把球送給禁區裡的隊友。

由於森川兩個防守主將都被方宙航引到中場線附近，餘下三人要防守四個豐山堂對手，就算有中鋒大柱麥蘭奇在，也無法避免出現空隙。豐山堂球員連續做了兩次默契十足的短傳，籃球落在無人看管的張齊勇手裡，他在禁區右側投出一記輕鬆的中距離，就像練球一樣空心穿框。

下一球，森川馬上靠著力量超群的麥蘭奇，在內線單打討回2分。即使如此，楊煜的臉卻仍然繃緊。

此刻他擔心的並不是進攻，而是在防守端必須阻斷豐山堂的氣勢。

「繼續！」楊煜在場邊做出手勢，示意封寶榮和李纓仍然上前，提早壓迫方宙航。

——我就不相信你能夠破第二次！

可是結果超乎楊煜的想像。

此刻體能已然接近耗光、肩頭和膝蓋關節猶如火燒的方宙航，精神卻昇華到了一個前所未有的境地。

他的腦袋接近空白，完全憑著直覺打球，對於敵我方位的觸覺和掌握，預測對手行動的能力，還有運球隨機應變的技藝，凌厲有如鬼神。

豐山堂兩次接連的進攻，方宙航都單人撕破了兩大高手的夾擊，再以極為精準的傳球，令森川付出代價。連續兩球他的黑衣隊友都輕易得分。

——豐山堂這波連得6分，方宙航在個人數據上完全沒有顯示出任何功勞，實際他卻主宰著整個局面。

而森川重工終於在其中一次反攻裡失手。差距繼續是4分，球權卻換在豐山堂手中。

方宙航再次負責運球上前。封寶榮和李纓以為，經過三次失敗，他們已經

掌握到方宙航的策略，今次一定能夠把他夾死。

但是這時方宙航的戰法又改變了。他隔遠打了一個小小眼色，張齊勇馬上接收到，奔前來對著封寶榮右側，做出一個角度絕佳的阻擋（註3）。

方宙航需要的，就只是這麼小小一點空間。他橫向一記小跳步，從三分線外出手。

上方的計分板，電子數字跳動成96－97。

只差1分。

楊煜以為籃球場上已經再沒有甚麼自己沒見過的事情。這一刻他知道自己錯了。眼前這個場上個子最小的球員，違反了楊煜的一切籃球常識。他只好搖搖頭，撤下雙人包夾，回復正常防守。

雖然被豐山堂追趕到這個地步，楊煜卻沒有喊暫停，因為他很清楚，對方球員非常需要喘息。

另一邊，豐山堂的潘義貴教練，這時也無法做出任何調度。如此狀況下，他已經不敢換下任何球員或是使用暫停，害怕破壞了球隊目前銳利的氣勢。潘

---

③ **阻擋**（Pick 或 Screen），是在進攻時，以站位阻礙對方的防守者移動。這是為了協助隊友擺脫對手，又或者迫使對方球員交換防守對象，從中出現有利進攻的空隙。

教練只能在心裡祈求：場上這五人，能夠挺過餘下的1:48時間。

楊煜則相反，他不期待自己的隊員能夠攔下方宙航，而是把勝利的希望，寄託在方宙航油盡燈枯那一刻上。

森川的封寶榮不愧是當今頂尖後衛，在這麼關鍵的時刻，他馬上就反投進一顆三分球，對方宙航還以顏色，重新拉開到4分，也就是兩球的距離。

但是誰也無法感覺森川重工正處於優勢。場館裡每個人都確信，方宙航下一球還是必然會得手。

事實如此。方宙航再一次迅猛地切入，順步單腳起跳，做出一記遠達10呎的高角度拋投（註4）。籃球在鐵框上輕輕彈了兩下，還是聽話地掉了進去。

在這個最後時段，兩隊就像已經無力舉起盾牌的士兵，只能夠不斷向對方揮劍，交互砍出鮮血，看誰首先捱不住！

這1分多鐘裡，雙方猛烈互攻，球迷觀眾看得異常爽快；但是在球場裡作戰的森川重工球員，還有他們站在場邊的隊友與教練，卻感到每一秒都非常漫長。

楊煜把手上的戰術表緊捏成團，牢牢盯著場上的方宙航。

——你怎麼還沒有倒下？

104–106，森川僅僅守著2分優勢並且持球，盡量消耗進攻時限（註5）。

豐山堂的五個黑衣戰士，每人都已經上場30分鐘以上，身體全都疲憊不堪。

可是他們咬牙苦戰這麼久，絕不是為了在這最後時刻認輸。

——這一球，必定要攔下來！

在強韌的精神力驅使下，他們五人在場上不斷來回地奔走補位。森川不管如何傳球組織，都無法製造出有把握的缺口。

比賽時鐘餘下12秒。

森川的進攻時限卻被消磨到只剩2秒。

封寶榮被迫再次在三分線外出手。

張齊勇正在他面前，擠出最後一點力量，躍起伸盡手臂。

指尖差了大約一片指甲的距離，沒能碰到球皮。但是張齊勇這個封阻動

---

④ **拋投**（Floater或Tear Drop），一般的上籃（Layup），都會切入到籃底近前出手，但是當面對籃下防守嚴密時，進攻球員也會在距離籃框較遠的位置，就順著運球突入的跑勢，做出高弧度的拋投球。這相比從近處上籃，命中率當然比較低；但是因為提早出手，而且拋物線高，能夠避開高大對手的封阻。拋投通常是身材矮小後衛的招數，對球感的要求比較高。

⑤ **進攻時限**（Shot Clock）：籃球比賽每次攻勢，攻方必須在24秒內就出手投球。假如超過了時限，仍然無法投出球並且碰觸到籃框，就會被判違例，球權落入對方手上。如果沒有投進，但是攻方取回球權（例如搶到進攻籃板球），進攻時限就會重設為14秒，可以繼續進攻。

作，已經足夠干擾封寶榮的跳投姿勢。球路稍微偏差，敲在籃框上再反彈而出！

三個豐山堂球員，像沒有明天般拚命在籃下卡位搶球。

麥蘭奇受到兩個黑衣對手壓迫，結果竟然無法發力起跳，被豐山堂的中鋒搶下這記價值連城的籃板球！

下一刻，球就傳到方宙航手裡。他大步向前運球反擊。

倒數8秒。

封寶榮在中場附近，及時堵塞方宙航近前，立定雙腳準備承受衝擊。方宙航假如不馬上減速煞停，就會撞人犯規。

下一瞬間，方宙航卻施展出後手運球，同時偏側身體，好像蛇一樣險險從封寶榮寬廣的肩膀側邊滑過去，繼續朝著森川的球籃全速推進！

李纓是唯一趕得及追來的紅白衣球員。

0:07。

李纓非常肯定：在這個只差2分的時刻，方宙航只會投三分球。豐山堂已經沒有平手打加時賽的氣力。

——時間還很充足。他會帶著球貼到三分線前……最有可能是他拿手的右邊四十五度位置。

——他還會做一、兩個假動作，製造出手空間，並且把時間剛好燃燒到最後一秒，令我們沒法反擊……

比賽之前，李纓就已經熟記方宙航的一切資料和打球習性，因此能夠在這瞬間，做出如此仔細的預測判斷。

李纓跨開大步橫退著追趕，極力收窄並封鎖方宙航的前進路線，要把他誘向預計的地點，再一口吃掉——

可是完全出乎李纓意料之外，方宙航運球到了正中央的三分線弧頂，距離白線還有三步之遙的位置，就突然急激煞停。

時鐘還剩0:05，方宙航原地跳躍出手。

——這麼早？就在這麼遠？

正因為李纓的那顆防守腦袋，預測得既仔細又合理，反而被方宙航利用了。

李纓勉力回身飛跳，想把方宙航的三分球蓋下。

這一記超遠投，方宙航將全身每點力量都用上，雙腿向前擺盪，腰腹彎折，身體都扭曲起來，但是離手的球，卻劃出一道極優美的弧線。

李纓的指尖，甚麼都摸不到。

這一刻，「星空巨蛋」裡沒有人坐著。

十五歲的王迅，遙遙看著下方那顆比豆還要細小的籃球，繼續朝森川隊的籃框飛行。他感覺時間就像停頓了。世界的四周沒有半點聲音。

他的靈魂深處，正在熊熊燃燒。
王迅永遠不會忘記這一夜。

「那一晚，我看著他拿了46分。包括最後投進的決勝球。」

王迅說話時的表情，就跟七年前在現場目睹那場大戰時一模一樣。他的聲音帶點哽咽。

豐山堂雖然贏了第二戰，總決賽場數追成1－1，但是球員們實在消耗過巨，之後連續三場球都以大比數慘敗。第五戰結束前的最後幾分鐘，方宙航沒再被派上場。他用毛巾蓋著頭、坐在板凳上顫抖哭泣的模樣，成為了「都球」歷史的經典畫面。

「從那天開始，我立志要當一個**真正的籃球員**。」

那一年，王迅每當單獨練習球技時，就開始用方宙航的幻象作為夥伴。他一遍又一遍重看方宙航的精華影片，牢記裡面各種攻擊動作的變化和細節，然後想像它在面前發生，自己要用甚麼方法去阻止……經過一段日子，這種空想的對決，漸漸成為他個人獨特的鍛鍊習慣。

王迅心裡堅信：**只要守住方宙航，我就能夠守住任何人。**

那個女訓練員從側面看著王迅，一時沒有說話，不知道是被王迅的往事感動了，還是不想捅破他美好的回憶。

兩人離開訓練室門口，從外面把木門輕輕帶上。

王迅腦海裡仍然揮不去方宙航的落魄模樣，不過這時情緒已經平靜下來。他再次打量面前這女生，又看看她桌上的戰術筆記，正想跟她打開話題，有個人卻從外頭焦急跑進來辦公室。

「原來你在這裡！」這個年輕男人，穿著跟王迅同款式的整齊黑西裝，外套胸口別著南曜電機的星形小徽章，頭髮梳得妥貼，完全就是標準的上班族模樣。

他也是南曜隊的球員，名叫蘇順文，同時任職南曜電機企業的市場推廣部。

王迅和女生不約而同伸出手指貼著唇，朝蘇順文做出「別吵！」的手勢。兩人發現彼此反應一樣，不禁相視微笑。

蘇順文不知道他們的理由，但也聽話地壓低聲音：「到處也找不著你！還有幾分鐘，新聞發佈會就要開始了，所有人已經在會議堂那邊！你還在這裡幹嘛？」

王迅不好意思地抓抓頭髮，把外套匆匆穿上，拉緊領帶結，準備跟蘇順文回去南曜電機辦公大樓那邊。

就在王迅要離開時，那女訓練員把一條印著球隊標誌的運動毛巾拋給他。

「拿去。」

王迅用毛巾擦擦額頭汗水，向女孩微笑道謝。

「衛菱。」她說。

王迅一時不知道她在說甚麼。下一刻卻已經被蘇順文拉走。

直至踏出練習場館的大鐵門後，王迅才想明白：「衛菱」就是女生的名字。

可是他已經沒有機會回應了。

4

南曜電機籃球隊只不過是一支隸屬「AAA聯賽」的非全職球隊，可是這個新聞發佈會，卻吸引到異常眾多的記者湧來採訪。

全因這個球季，他們即將加入一位萬人注目的超級新秀。

在南曜辦公大樓的會議堂裡，兩邊牆壁掛滿了一幅幅裝裱過的巨型海報，全都是南曜電機企業歷年來最成功產品的廣告。

創立於1974年的「南曜機械公司」，早期以生產計重秤起家，後來因為成功發展出電子體重計，一躍進入了電器產品領域，並且改名「南曜電機」，多年來一直主力出產運動用電子產品。他們近年推出的兩大最著名系列，分別是運動測計手帶「FireRun」，與可游泳用的全防水耳機播放器「AquaOm」。

掛在牆壁上的許多展示品之間，唯獨有一幅並不是甚麼產品的宣傳海報，而是一幀舊得發黃的籃球隊合照。

照片裡的球員穿著貼身的舊款球衣，整齊地排列著，每個都自豪地面對鏡頭挺起胸膛；有人留著今天看來很可笑的蓬鬆長髮，額上束著頭帶，也有球員戴著厚厚邊框的眼鏡。坐在老教練身旁那個矮小後衛笑得特別燦爛，他咧著嘴

南曜電機
SOUTH STAR ELECTRIC

的牙齒上排缺了兩隻門牙，但是看起來沒有半點覺得難為情，反而像把那個小小黑洞，當作自己奮勇作戰後贏到的榮譽勳章。

照片下方有兩行毛筆字，墨跡已因年月久遠而變成灰色：

恭賀　南曜電機籃球隊

都會職業籃球聯盟　三連霸達成 1979–1981

滿場都是運動媒體記者，可是誰也沒有看這幅舊照片一眼。

會議堂的演講台上擺著一張長桌，後面六個座位都已經坐滿。

康明斯教練撥撥稀疏白髮，一如既往地木無表情。他不喜歡記者，記者也不喜歡他。

理察．康明斯在球壇打滾了將近四十年，教練生涯卻一直沒能攀得更高，這跟他長年不懂得討好傳媒，多少也有點關係。可是康明斯自己並不在乎。他臉上的每條皺紋，在攝影機強烈燈光下顯得格外深刻。才剛剛坐下來不久，康明斯已經露出想離開的不耐煩表情。

坐在長桌另一邊的白曦樺，跟康明斯教練形成強烈對比。發佈會還未正式開始，已經有許多攝影機對著她猛按快門。她今天穿的雖然只是一身莊重樸素的淺灰加白襯衣行政套裝，仍然難以掩蓋有如模特兒的美態，記者鏡頭自然都不肯放過她。

白曦樺非常清楚自己這個優勢。對攝影鏡頭敏感的她，很自然地避免直視它們，而是略低著頭，跟坐在身旁的公關經理交談，偶爾不經意地撥弄一下短髮，充分展露出一股專注於工作的端莊知性美。

身為南曜電機創辦人的獨生女兼現任行政總裁，白曦樺絕對了解，怎樣充分利用個人形象去幫助家族企業。

跟白曦樺隔著一個座位，坐在長桌邊端的，是個三十餘歲男子，他穿著剪裁貼身的義大利西服，沒有打領帶，襯衫打開了幾顆鈕釦，戴著茶色太陽眼鏡，露出一副玩世不恭的表情，令人聯想起電影裡的職業賭徒。這男人自顧自滑著手機，不論衣著和氣質，都與這個場合格格不入。

而今次發佈會的兩個主角，則坐在正中央。

王迅顯得十分緊張，瞪眼看著台下越聚越多的記者，額上又再冒出汗珠來。他拿起放在桌上的瓶裝水，呼呼幾口就喝光，把空瓶輕輕放下，不敢再在椅上移動半分。他盡量把腰挺直，雙膝併合起來，就像個害羞的小學生。

雖然已經坐得這麼直，可是王迅仍然不是長桌前坐姿最高的那人。

安坐在王迅右側的，是一個容貌英挺的年輕球員，個頭比王迅還要高幾吋，一身西裝被底下肌肉撐得滿滿；那張歐亞混血的臉孔，輪廓分明而英俊，但並沒予人半點脂粉感覺，而是充滿剛強的自信。

發佈會正式開始。公關經理略作開場介紹後，就由白曦樺發言。

「相信在場好些資深的記者朋友都清楚，我們南曜電機籃球隊在草創之初，曾經歷過一段光榮歲月。」白曦樺朝著麥克風不徐不疾地說。她精確地控制著聲線，發音沒有過於圓滑修飾，以免聽起來像司儀發言，而是透著堅定與誠摯。

「可是那榮耀並沒有延續下來。老實說我們也很清楚，這些年南曜隊的成績，令忠實支持我們的球迷非常失望。我先在此代表南曜電機向各位致歉。」

白曦樺站起來，優雅地朝著記者群低頭鞠躬。她每個動作的速度和節奏，都跟事先在鏡前演練時一樣，莊嚴而不會顯得過於謙卑。

重新坐下來後，白曦樺繼續說：「可是這個球季將會不一樣。我們已經下了最大的決心，要帶領南曜籃球隊重返榮耀。

身為一名企業經營者，我非常清楚『決心』這兩個字不是空口說說就夠，球季開始之後，各位自有判斷。

但是現在我們首先就給大家看見，這個決心有多認真。」

她瞧了一眼坐在身旁的兩個球員。

「把新力量灌注入南曜隊，就是我們重奪光榮的第一步！」

公關經理接下麥克風，同時示意叫坐在最正中那個混血兒站起來。

「在此介紹，南曜電機籃球隊的今季入隊新秀！」

那混血兒一站立，快門與閃燈馬上向他發動密集攻勢。攝影記者全都從座位擁到演講台前。

「龍健一，今年二十歲，身高6呎8吋（203公分），體重200磅（91公斤），司職大前鋒（PF），聖道明大學出身，去年場均得分21.4，籃板12.2，封阻1.3，助攻4.1，榮獲上季『甲組大學聯賽』新人王……」公關經理把資料讀到一半，然後微笑說：「這些大概各位都早就比我更清楚，我不讀下去了。」

滿堂記者哄笑起來。

同時會議堂的大型投射幕開始播放影片，是龍健一在大學比賽的個人精華，還特別配上節奏強勁的搖滾音樂。

影片中的龍健一穿著聖道明大學傳統的綠白球衣，身材看起來比此刻披著西裝更要健碩，露出背心外的橫壯肩頭就像兩塊大圓石。那身姿看起來卻半點也不沉重，下面的腰腿十分修長，整副身材比例猶如倒三角，給人快速又強悍的印象。

在光影投射裡，只見大學比賽中的龍健一，在籃底以力量擠開對手，再用比一般大前鋒快疾的速度跳起，搶到攻擊籃板球著地後，雙腿只略一蹬又迅速

12

回到空中，輕鬆單手灌籃。

下一個片段，他搶到防守籃板球，緊接像棒球投手摔出右臂，籃球如炮彈直線飛向前場，準確落在奔往前快攻的後衛隊友手上，無人防守下輕鬆上籃得分。這記傳球的力量和準繩當然都極為厲害，但最令人驚歎的，還是他對球場狀況的迅速判斷力。

接著是中距離跳投；單打運球過人；背後傳球；快攻時飛身空中猛灌……短短幾分鐘影片，就讓人看出他無可置疑的優厚天賦與全面技能。

現場的龍健一昂然挺立，迎受著所有鏡頭與注視，還舉起拳頭讓記者拍攝他的自信姿態，似乎生下來就是為了這種萬眾矚目的時刻。

龍健一原名Kennard Rogov，人們暱稱Ken，母親是俄羅斯人。他在常勝名門聖道明大學只打了一年，就輟學跨入職業籃球大門，這事情毫不令人意外。

真正教所有人驚訝的是，這位身體條件超卓、攻守全能的大型新人，竟然沒有加入「都會職籃聯盟」選秀，而是直接與南曜電機這支低一級別的「AAA聯賽」球隊簽約。此事早就轟動籃壇，也是今日媒體雲集的原因。

影片播放完畢後，龍健一坐了下來。公關經理這次輪到請王迅起立，並且讀出另一堆資料：「另一位本季加盟南曜隊的新人，是出身於明城商業大學的王迅，今年廿二歲，身高6呎4吋（193公分），體重185磅（84公斤），司職得分後衛及小前鋒（SG／SF），去年場均得分6.1……」

王迅挺起胸膛，身體不自覺地向前挪移了半步。

可是他發覺，那眾多攝影鏡頭，此刻仍然只是對準他身旁的龍健一不放，甚至有記者已經急不及待舉手，要向龍健一發問。

而後面的投射電視幕已經升上，並沒有播放王迅的比賽影片。

王迅的胸膛慢慢縮回去。他只想快點可以坐下來。

公關經理控制著場面，先讓王迅就座，然後才批准記者輪流發問。

「Ken，我相信在場所有人最想問的都是同一件事情……」首先發問的是大型體育網路媒體《Sports Bites》的記者：「為甚麼會選擇加盟『AAA』球隊？」

籃球是這座城市最受狂熱喜愛的運動。其中一大原因，就是「都會職業籃球聯盟」（Metropolitan Basketball League）的成功。

「都會職籃聯盟」，正式縮寫是「MBL」，不過本地人都喜愛暱稱它「都球」或是「Metro Ball」。這聯盟已經成立了接近五十年，既擁有深厚傳統，又維持著高超的競賽水平，被視為本市的榮耀象徵，本地運動迷對它的關注度，絕對不低於歐美的頂級職業運動。

「Metro Ball」在近廿多年營辦得格外出色，市場價值迅速上漲，電視轉播權收益極是豐厚，球衣等各種周邊產品都成了暢銷潮流物；而各支球隊的母企業更是名利雙收，球隊本身既賺錢，又能夠宣傳公司形象及產品，因此都願意持續投入巨大資本去營運，維持著賽事的高水準。

但也因為「都球」實在吸引了太多目光，以下其他級別的籃球競賽，所受的關注自然遠為遜色。

本地官方認可的男子成人籃球競賽，依實力分為五級：最頂尖當然是「都球」，次級是半職業「AAA籃球聯賽」，再下面則有「AA」、「A」及「B」三個業餘級別。

像南曜電機這種「AAA」球隊，雖說是向「都球」進發的預備軍，也混有全職球員和海外援將，但並不受多數主流球迷的留意，名氣與商業價值都不高。

龍健一雖然只在大學征戰了一年，但他的超凡實力早就獲得眾多球評肯定，被視為能夠馬上在「都球」世界捲起旋風的奇才。因此當他突然宣佈加盟南曜隊時，外界對這個決定都大惑不解。

龍健一聽到這個早就預料的提問，稍微側頭看看白曦樺。白曦樺向他點了點頭，示意他可以自行作答。龍健一這才重新面對鏡頭。

「這事情我早前並沒有向大家交代清楚，今天趁著這個機會一次過解釋。」他頓了頓，掃視眾記者一眼，繼續說：「加入南曜隊，是我跟大學教練和幾位前輩商量後作出的決定。其實早在半年前，我已經決定提早離開大學，挑戰更高級別的賽事。不過馬志倫教練和幾位學長都認為，我需要更多空間去成長，特別是技術方面需要很多磨練；而每次上場比賽的時間多少，對我能不能保持成長步伐非常重要，所以我們一致都相信，投身『AAA聯賽』，對這一年的我是個最佳的選擇，既可以得到適當的競賽水平刺激，又能夠即時在球隊中擔當比較吃重的角色，吸收充足的經驗。」

龍健一的回答非常得體，王迅留心聽著時不斷點頭。

他今天才首次跟龍健一見面，過去兩人並不認識，彼此大學分屬不同賽區，而且球隊水平有距離，就連練習交流賽也沒有進行過。

——這傢伙年紀比我輕，可是好成熟啊……

這時王迅卻聽見，坐在另一邊的康明斯教練發出一記冷笑。

他轉過去，看見一直無甚表情也不說話的教練，臉上流露著不屑。

康明斯身為南曜隊教練，當然知道龍健一加盟的真正原因是甚麼：一張大數額的支票。

「都球」的新秀首三年薪酬按規定設有上限，此舉是避免球隊過早就惡性爭奪仍未證明實力的新血，不利賽事及球員水平發展。當然，以「都球」的賺錢能力，這個頂薪限制下的新秀酬金，數額仍然非常可觀。

可是一個月前，白曦樺在一張金額遠超過「都球」新秀頂薪的支票上簽了名，硬把龍健一搶過來南曜隊。這種奇怪的事情，過去從未發生；而由於「AAA聯賽」沒設任何薪酬限制，此舉完全合乎規則。

一支沒有電視直播分帳、票房收入也非常有限的半職業球隊，花許多錢簽下一個新人——白曦樺為了振興南曜隊，下了非常大的賭注。

這個賭注，康明斯教練顯然並不太認同。

「Ken，剛才你說『這一年的我』，可以詳細解釋嗎？」接著發問的《都市時報》女記者向龍健一提問：「你跟南曜隊只簽了一年合約嗎？」

這確是事實。龍健一無意把自己長期綑綁在一支次級聯盟的球隊裡；白曦樺的目標也只賭在這個球季。雙方同意只簽約一年，各自保留退路。

然而這種話不可以在記者面前說。

龍健一直視這位長相頗漂亮的女記者，眼睛閃出光芒。

——要避開某些事情不回答，最好的方法，就是給他們一個更棒的故事。

他朝著攝影鏡頭，再次高舉拳頭。

「今個球季，我要率領南曜電機隊，一舉奪取『AAA聯賽』冠軍，晉升為『Metro Ball』十六支球隊之一！」

記者聽見，就連半場職業球賽都未打過的新人龍健一，說出這麼一番豪語，不禁大舉哄動起來。

白曦樺眼見這新聞發佈會的氣氛被炒得沸熱，露出滿意的微笑。

「南曜電機本季要贏取ＡＡＡ冠軍」這個球隊目標，本來應該由她這位行政總裁親自公佈的；不過現在由龍健一說出口，宣傳效果似乎更好。

——這個小子，我喜歡……

「都會職籃聯盟」設有升降組別制度：每一季「都球」常規賽戰績最差的包尾球隊，就要被降級到「ＡＡＡ聯賽」；而空出來的「都球」球隊席位，則由當季的「ＡＡＡ」冠軍取而代之。

從球隊的商業價值、名聲和榮譽來衡量，這一升一降，猶如天堂地獄之別。

「白總裁，剛才你說的『榮耀』，就是指這個目標嗎？」記者急忙提問。

「沒錯。」白曦樺回答：「南曜隊要重返『Metro Ball』，這是我們今年的目標……」

「然後就是拿『Metro Ball』總冠軍！」

坐在長桌最左端那個賭徒似的男人，突然站了起來說，還伸出三根手指：

「三年之內！」

記者聽了更加激動，紛紛把鏡頭轉往那男人。

「各位，非常抱歉，之前還沒有介紹……」公關經理急忙拿起麥克風：「這位是Realer遊戲會社的社長林霄先生，也是我們南曜電機籃球隊新的策略夥伴！」

就算不介紹，很多記者早已認出林霄，只是不知道他為何會在這裡。如今一解釋，眾人才恍然大悟。

Realer是近年手機網路遊戲界的暴起新貴：一家最初不足五人的公司，在四年間憑著連續推出大熱作品躍升國際舞台，遊戲內的課金銷售，帶來源源不絕的巨大現金流，Realer會社的錢頓時多得如水淹膝蓋，規模高速擴張，成為經濟不景氣下的商業奇蹟。

至於這位創辦人兼主腦林霄，出了名有許多稀奇古怪的花錢途徑，還到處揮金投資不同領域，但是過去從沒聽聞過，他對體育運動感興趣。

白曦樺被打斷，轉過頭來盯著林霄，壓抑著心裡的惱怒。

在南曜電機跟Realer商討合作協議時，確實有提及過「三年內奪取『都球』總冠軍」這個長遠目標。但是這麼大口氣的話，絕對不應該現在就公開說出來！

林霄看見白曦樺的眼神透著不快，並不以為意，反而像個得意的頑童咧齒而笑，似乎在對她說：「我說出口了，那又怎麼樣？」

公關經理也知道林霄說的話實在不適當，也就努力把話題引開，這時他急忙宣佈南曜跟Realer的合作內容：今年Realer會先以廣告贊助方式，向南曜籃球隊投入一筆發展資金。

——龍健一的高額簽約金，就是從這筆贊助費裡撥出來的。

而這只是第一步。白曦樺與林霄已經協定：南曜籃球隊如果今年真的成功奪冠，升級進入「都球」的話，Realer除了擴大廣告贊助之外，更將連續三年直接注資球隊，把南曜改造成有力在最高級別的職籃世界裡爭標的強豪。

「三年，應該夠時間拿個總冠軍吧？」當天商談時，林霄這樣隨口說。

白曦樺對於籃球，雖然並沒有像父親那麼投入，但還是很清楚，要建造出一支足以挑戰「都球」總冠軍的球隊，需要非常多的因素，甚至包括機緣運氣，並不是把錢扔下去就能夠買個冠軍回來那麼簡單；可是在商談的階段，她覺得實在沒必要戳破林霄的美好想像，也就隨便附和這個說法。

今次商業合作，除了籃球隊獲得注資之外，白曦樺更看重的是未來幾年南曜電機與Realer網路遊戲的業務連動；如何借助這家炙手可熱的新興公司，給老舊的南曜電機企業重新灌注活力。

——一切都是為了公司。籃球？我才不管呢。

至於林霄這個奇怪男人為甚麼突然對籃球生起興趣，白曦樺從來都不太關心。

記者繼續連珠炮提問，主要對象仍然是龍健一，也有些是問林霄和白曦樺；另外有兩名體育記者追問康明斯教練，對於龍健一加盟南曜有何看法，卻只得到康明斯非常公式又簡短的答案。

沒有人問王迅半句。就像他根本不存在。

王迅偷偷把領帶結放鬆一些，在座位上顯得很不安。他只希望這個發佈會盡快結束。

他左右看看，發現站在會議堂一角的隊友蘇順文，正瞧著自己。

蘇順文向王迅無奈地微笑，用眼神示意叫他忍耐。

王迅點點頭，心裡生起一股暖意：至少在球隊裡，他已經交到第一個朋友。

——而他還未知道：蘇順文原本只是南曜電機的市場推廣營業員，因為在員工裡比較會打籃球，就被公司拉進球隊，填滿最後兩個球員的空缺，以減省從外面簽球員的開支……

新聞發佈會進行得差不多了，記者們大致都取得足夠資訊，有人已經用手機跟報社上司匯報，預留今天的版面；更多記者就地開始用電腦或手機寫稿及挑選照片，搶先上載到各社交網路。

「我這個問題，是想問王迅的。」

記者群裡，有一個男人站起來高聲發問。

這男人很胖壯，身穿已經有點過時的Hip Hop風格寬鬆超大碼衣褲，踩著一雙殘舊的Air Jordan 12代紅白復刻球鞋，戴著黑色棒球帽，蓄著大堆亂生的鬍鬚，完全一副不修邊幅的模樣。他拿著一部數碼攝影機，正對著王迅錄影。

王迅最初沒有反應，直至幾秒之後，才確定對方呼喚出自己的名字。他急忙立正拿著麥克風。

「是！」

那男人向王迅笑了笑。嚴格來說他並不是記者，而是籃球網誌《10 FEET》的版主阿雙哥（網名），專門評論職業球賽和發掘籃壇秘辛小故事，由於寫作的角度獨特，個人意見很強烈，網上忠實訂閱者多達27萬。《10 FEET》雖然不是正式的媒體，但因為影響力頗大，因此阿雙哥經常能夠以記者身分受邀到來這類球隊活動。

「王迅，請問你在第一個球季有甚麼抱負？你覺得自己能夠為南曜隊帶來甚麼改變？」

阿雙哥的聲音非常響亮。可是在場其他記者都沒有抬頭瞧過來，全部繼續埋首工作。沒有人對這段問答有興趣。

白曦樺繼續跟林霄和公關經理交談，也沒有看過來一眼。

康明斯教練則顯得很疲累，用指頭按壓著眼皮。

只有正在喝水的龍健一，側過頭來，瞧著王迅微笑。

王迅也看看龍健一。這個才剛讀完大學一年級的混血兒，剛才面對記者時雖然傲氣逼人，但現在面對王迅的笑容卻很誠懇，在鼓勵他回答。

——他看來是個好人呢……

王迅吞吞口水，不斷在想應該怎樣回答，可是他實在不習慣這種場合，過了好一會，還是啞口無言，完全想不到該說甚麼。

「不要緊。」阿雙哥右手繼續托著攝影機，騰出左手來朝他揮了揮：「這又不是『Metro Ball』總決賽的記者會，不必覺得緊張啊。我也不是甚麼大記者。就把你心裡想的話說出來吧。」

「我希望……」

王迅用力深吸一口氣。

他想起不久之前，看見醉酒昏睡的方宙航那個情景。

也想起自己十五歲時，在「星空巨蛋」目睹的一切。

他再次開口：

「我要給所有人看見，我是一個真正的籃球員。」

旁邊的龍健一聽了，露出訝異的表情，對這個新隊友有點另眼相看。

「這是很棒的答案。」阿雙哥的眼睛盯著攝影機的小屏幕，確定有對準王迅並且錄下了這句說話，笑著又說：「我很期待。」

● ● ● ● ●

結果這一天，《10 FEET》更新的網誌文章，是以南曜隊歷史為切入，去報導龍健一加盟球隊及未來復興大計，完全沒有寫王迅。

王迅的名字，除了被幾家媒體循例提及之外，完全沒在體育新聞報導裡出現，當然更不會有獨自的照片。

王迅卻根本沒有特別去查看。

發佈會結束之後，他馬上就趕回家，把西裝換成跑步裝束，戴上公司贈送給每個球員的「AquaOm」耳機播放器，打開喜歡的rap音樂，然後出門去路跑。

黃昏時分的火紅夕陽，映在他的運動外套反光飾紋上，讓他的身體看起來好像熊熊燃燒中。

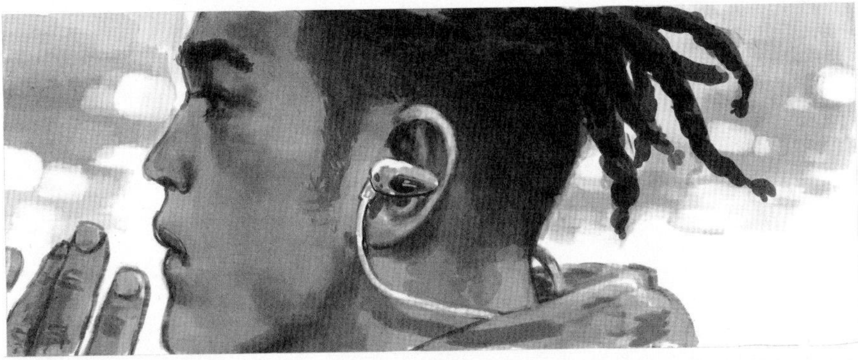

王迅邁開大步，迎風盡情奔跑。先前所有鬱悶不快，一掃而空。

It's Time to Work.

RUNNING SIZE

第二章

Chapter 2

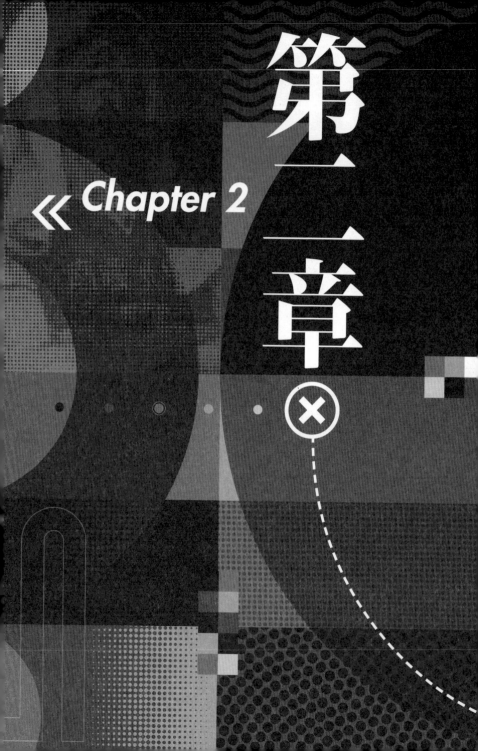

工作
WORK

1

「嗶！」

裁判吹響了哨音。

兩個相撞的球員，一起摔到地板上。籃球滾出了邊線。

楊國松就像一顆倒地葫蘆，身體翻滾了整整一圈才停下來，躺在地上喘息，露出痛苦的神情。

——這記翻身其實只是演技，他並沒真的被撞得這麼重。畢竟已經是在球壇混了許多年的老鳥，這一點點「職業技巧」，早就成為他身體的習慣。

兩個金河酒業隊友急忙跑前，把楊國松拉起來。

楊國松轉了轉脖子，故意緊皺著臉，做出難受的模樣，才瞧向剛剛侵犯他的那個年輕小子。

王迅沒有等隊友幫忙，自己已經迅速爬起來。他把身上南曜隊傳統藍色球衣的下襬拉出來，抹了抹臉上和手掌的汗水。

裁判以手勢示意：判罰藍色21號球員王迅推人犯規。

楊國松大力拍掌點頭，向裁判豎起大拇指贊同，示意判決得非常公正。

但其實他自己心裡很清楚：剛才那記碰撞，是不是真有犯規，只是五五開。王迅的防守首先就迫得他運球脫手，他勉力想把失控的球撈回來，自己的腳步失卻了平衡，才會跟衝前爭球的王迅撞在一起，是誰撞誰還很難說。

王迅倒是很乾脆，自己舉手承認犯規，沒有向裁判抱怨半句。他一聲不響把球衣塞回褲頭裡，重新整理好，就回到己方的後場。

清潔員用拖把抹乾球場地板的汗水時，王迅已經重新做好防守準備，雙眼再次注視著對面的楊國松，把剛才被判犯規的事拋諸腦後。

球賽再度展開。擔任金河隊控球後衛（PG）的楊國松，接到隊友從邊線開出的球。王迅立時迎上去。

楊國松的經驗極豐富，他把握著王迅衝上來的時機，馬上運球推進，往斜方擺脫對方！

可是王迅沒有被切過。他只跑到距離楊國松一步前，就用碎步煞停控制著身體，保持著足夠的應變空間；當楊國松斜向帶球切入時，王迅及時橫移封截住那條路線，迫得楊國松只能後撤。這是十分漂亮的防守步法。

被一個無名的年輕新人單對單攔住，楊國松感覺很不爽。

今天的楊國松，雖然只是「AAA」球隊金河酒業的替補後衛，但初出道時也曾經是球壇一線新秀，在最頂級「都球」待過兩季，以紮實的運球功夫和高速突破吃飯；現在三十二歲了，速度確實大不如前，但技巧並沒有衰退，他在金河隊裡，既是後備老將，也兼任技能助教。

他一邊熟練地左右手交替拍球，待機而動，一邊打量著眼前這個防守者。

王迅的視線以楊國松胸口為中心，但沒有過於集中聚焦，而是靠著週邊視界，監察著對手全身上下的動向。同時他雙腿不斷輕微地移動，調節著自己的方位和重心，一對長臂大大張開來，隔空限制著楊國松的可動範圍。

王迅這副姿態，就像一頭盯上了獵物的野豹，不容對方有逃跑的空隙。

——這小子……到底從哪裡冒出來的？

楊國松心裡納悶。

——這股殺氣是怎麼回事？**他沒有看見比分嗎？**

在這座「北區市立體育館」的牆壁上，大型電子記分板打出了剩下的比賽時間及目前兩隊分數：最後第四節只餘2:33，金河酒業領先南曜電機84－64。

比賽到了這種時刻，已是與勝負無關的「垃圾時間」（註1）。

而這不過是「AAA聯賽」一場普通的星期三賽事。這座地區場館的觀眾席本來就比較少，只有不夠二千席，開場時也沒坐滿超過三分二；到了這種沉悶的最後時刻，更是只餘大約一、兩百人，其中還包括了兩隊的母公司派來打氣的員工。

體育館四周，鋪天蓋地掛滿了Realer的最新手機遊戲《死靈戰隊》宣傳橫額及海報，好像在舉行甚麼嘉年華或節慶。如此悉心又密集的佈置宣傳，反而令球館的冷清場面顯得格外難看。

兩隊正選球員早就全部被換下，甚至連主要的替補，也沒有多少個仍留在場上。

康明斯教練把最後兩個用來「暖板凳」的南曜電機職員——蘇順文和東

---

① **垃圾時間**（Garbage Time），是其中一隊大幅領先，勝負已經提早決定的時段。一方或雙方通常會全部派出最不重要的板凳球員作賽，避免主力不必要地受傷或消耗。由於競賽質素大降，球迷往往無心觀看，而垃圾時間裡球員的表現和個人數據，亦不太受到重視。

尼·迪森（Tony Dixon）——都派了出來。他們的球技和身體質素只屬業餘級，其實就算是打次一級的「AA」組別聯賽都有些勉強；平日大多的比賽，兩人都完全不會上場，在球隊的主要功能是擔任練球夥伴及幫忙處理隊務。

在板凳區後面，被派來打氣的南曜電機社員，這時已經在收拾物品。體育館的清潔工也都拿著掃帚，站在觀眾席樓梯旁等待散場。

所有人都只是等著比賽時鐘歸零。

除了王迅。

此刻在他眼裡，比賽時間和勝負分數都好像不存在。他只看著面前的對手和球。

這股專注，彷彿在守著重要大賽的最後一擊。

踏在比賽場上的每一秒，都要把打球看成不可輕忽的「工作」——這是王迅在大學四年間受過的嚴厲教導。

楊國松承受著王迅的壓迫，竭力用身體護球。

兩人年紀相差了十年，體能和速度當然有距離，王迅更比楊國松高了4吋。但是經過剛才那短短交手，楊國松就知道王迅靠的絕不止是體力與身材——假如王迅只是一頭空有力量與衝勁的菜鳥，楊國松用技術和經驗，早就把他玩弄於股掌之上了，不會像現在這麼辛苦。

楊國松幾次做出得意的晃身和運球變速假動作，本來以為已經足以擺脫王迅，可是全部都被化解。王迅對著這些虛招，要不是不為所動，就是及時發現失位，快速恢復了姿勢補救，令楊國松每次都無功而退。

這種閱讀和預測能力，還有身體步伐的精準控制，令楊國松很訝異。

——這傢伙根本就像個老手！

在王迅不斷壓迫下，兩人已經上升到靠近中場線。王迅衝到這麼前的位置防守，其實頗為冒進，要是沒能攔住楊國松，讓對方切過並運球深入，金河就會進入五對四的絕對優勢。

楊國松也深知這一點，因此抵受著這股防守壓力而沒有傳球，堅持要自行突破過去。

這是身為矮小後衛的尊嚴與致勝之道。

楊國松突然以極低而急密的交替運球，令王迅瞬間無法判斷他要往左右哪邊進攻；他緊接著向右急切，身體緊縮得更小護著球，左肩聳起在前開路，硬要貼著王迅越過去！

眼看著快將跨過，楊國松卻發覺那條僅僅打開的空隙，突然又關閉起來。

王迅用又快又寬的橫移步及時追趕，仍然保持著半邊身位頂在楊國松前面，並且用身體擠壓得楊國松的前進路線偏移。

——這種推擠的力量，剛剛足夠壓住楊國松，但身體碰觸的程度又不至於被判犯規。王迅的防守分寸，控制得恰到好處。

楊國松被趕向右側，貼近著球場邊線，要是再繼續這樣前進，就會帶著球踏出界。他急於修正方向和變速，卻因此影響了右手協調，一下拍球稍稍偏歪，籃球碰到自己的鞋邊，向斜前方彈去！

兩人同時向那顆失控的球飛撲。

王迅延伸出長長的左臂，大手掌的指尖先一步碰到球皮，令楊國松雙手抱了個空。

但是這麼一撥，籃球變成朝著界外飛去——

王迅瞬間做出第二次跳躍，這野獸似的速度，令楊國松十分驚訝。人在半空，王迅單手撈住了球，並轉頭向場內掃視，迅速辨別出一個迎過來的藍色球衣的身影。他毫不猶豫把球摔向這個奔前接應的隊友。

南曜電機的替補控球後衛郭佑達，在球隊裡一向以反應和奔跑速度見稱。他剛才看著王迅與對手糾纏，早就準備好配合，這時正好接應到王迅從界外救回來的球，緊接就運球越過中線，抬頭向前方看。

金河酒業只有一個小前鋒回防，而南曜隊的蘇順文卻已經越過他，更快一步奔入金河的禁區。蘇順文雖然球技一般，但學生時代曾經是田徑部短跑選手，直線爆發的速度比得上球隊裡的先發球員。

這一刻，郭佑達只要來個稍微高吊的長傳，越過防守者交給蘇順文，就能夠輕鬆得分。傳球路線會有少許冒險，而蘇順文也不是很值得信賴的接球者，不過成功得分的機會還是不會低。

可是郭佑達考慮了一下，卻並未理會邊跑邊高舉著手要球的蘇順文，反而靠自己繼續運球推進。

就算錯過了長傳，南曜隊此刻仍然有二對一的快攻優勢。郭佑達大步帶著球到達罰球線前，卻停下步來。快攻的流動驀然中止，那個金河小前鋒張開身體，以一對二守住籃下。

蘇順文在禁區裡再沒有進攻空間，快步倒退走出來。郭佑達卻偏偏在這時候把球傳給他。

「出手！」郭佑達同時呼喊著催促。

蘇順文畢竟是習慣坐冷板凳的大後備，對著地位比他重要得多的隊友不敢不聽話，身體好像自動反應一樣，做個中距離跳投。這並不是他擅長的技術，動作有些生硬，結果籃球碰在鐵框側，反彈出來後，就被那個金河的防守者輕鬆接收。

郭佑達跑回後場時輕輕搖著頭，好像這次快攻失敗跟他沒有半點關係。

他這樣打有自己的盤算：這種垃圾時間，郭佑達不想做出任何冒險的傳送，以免個人統計多加一次不必要的失誤（註2）；而他也不願意自己出手，避免因為投失降低了命中率紀錄。安全地把球傳給退到外圍的蘇順文，不管這球是否投得進，都不會影響他自己的個人數據。

——在這種勝負早就決定的時段裡，我才不要增加自己的負面評價呢……

難得的二對一快攻機會，完全沒有運用到優勢，而以這般難看的方式結束。王迅先前精采的防守與飛身救球，變得完全沒有價值。

捨身撈球的王迅，剛好躺在金河酒業的板凳區跟前。他看著這一幕，心裡雖然對郭佑達的決策很不解，但只是皺了皺眉，又爬起身來，準備下一次防守。

好不容易有得分機會，投失了這球的蘇順文垂頭喪氣地回到後場。

當他經過王迅身邊時，王迅主動拍了拍他臂膀。

「不打緊。下一球。」

這時候的南曜電機板凳區，已經沒幾個人留意這場未完的球賽。

先發球員各自坐在折椅上，彼此沒有交談半句。

正選控球後衛（PG）兼隊長關星陽，雙膝都包裹著用來舒緩勞損的冰袋。他雙手交扣，枕在理成短髮的後腦上，眼睛半瞇著，似乎在看球，但又像已經累得入睡。

不過就算關星陽真的累倒了，也沒有誰會責怪他：今晚假如沒有他上場超過30分鐘，交出5次助攻（註3）和投進3顆三分球，還以穩健的控球把全隊失誤數目壓抑在僅僅14次，這場球南曜電機肯定輸得比現在更難看。

這麼長的上場時間，對於這位三十四歲老將已經超過界限。但是關星陽身為隊長，沒有抱怨半聲。他那寬廣沉實的臉，神色平和，就像個入定老僧。

南曜隊的先發小前鋒（SF），本來是由球隊另一位隊長來擔任，但是他仍在養傷期間，今晚沒在陣容裡，甚至連板凳上也不見蹤影。這個位置由原本擔任次席得分後衛（SG）的陳競羽補上。

這已是陳競羽在本季連續第二場正選出戰，本來應該是爭取好表現的難得機會，可惜兩仗球隊都敗北，這一場更加大比數輸給只是「AAA聯賽」中游球隊的金河酒業。而陳競羽這兩場的個人表現都差強人意。

---

② **失誤**（Turnover），在出手投球以外的情況下，失去了球的控制權。包括被人抄截（Steal）、傳球被截下、出界、各種違規及進攻犯規（Offensive Foul），都算失誤。它是一項個人統計數據（當然數字越低越好），用來審視一個球員的效能。

③ **助攻**（Assist），傳球而直接令隊友成功入球得分。助攻次數是控球後衛最重要的個人統計數據，顯示他的球場視野（Court Vision）和策動進攻的能力。而一支球隊的總助攻次數高的話，更反映出他們有足夠的傳球流動（Ball Movement），顯示球員間合作良好。

他獨自坐在板凳一端，憋著滿肚的怒氣，用力拉扯著頸上的毛巾，咬牙切齒地說：「這些新來的根本不行……輸球都是你們害的……」

陳競羽的說話聲音很大，完全沒顧慮到其中一個「新來的」龍健一，跟他只隔著幾個座位。

龍健一沒有任何反應，不知道是聽不見這句話，還是裝作沒聽見。已經穿上暖身Tee的他，雙手交握，一動不動在沉思。

南曜隊花了重金簽來龍健一，當然是從開季就給他擔任正選大前鋒（PF）。這一場他雖然摘下13個籃板球（註4）之多，其他方面卻都乏善可陳，打起來縛手縛腳，場上的表現跟大家期待的「超級新人」相距甚遠。

一如就先前幾場南曜隊的對手，金河酒業從一開始就刻意箝制和封鎖龍健一，這個策略取得了極大的回報。龍健一經常接不到傳球，無法跟隊友串聯起來，南曜隊的內、外線進攻因此不能統合，只好靠個別球員單打硬攻，得分的效率非常低。龍健一這場球連半個助攻也沒繳出，僅有的6分都只是靠自己3次搶到進攻籃板後補籃獲得的。

南曜隊這種不暢的狀況，一直持續到第三節，直至大部分主力的體能都開始下降，球隊進攻無門的弱點就更大大暴露，隨即遭金河隊一口氣拋離。

此刻龍健一沒有看著球場裡，而是凝視前面遠處的虛空。他心裡到底在想甚麼?旁人都不知道。

球季展開之前曾經圍繞他的一切讚譽與期待，在這個月已經迅速冷卻。

——打到這裡，Ken是否開始後悔加入這支不爭氣的球隊呢?……

外界的人都開始有這樣的疑問。

板凳區裡最高大的身影，屬於外援中鋒（C）大衛·梅耶斯（David Meyers）。梅耶斯是南曜隊最後一個退下場的先發球員，黑肌膚上仍然冒著汗珠。他卻沒空去抹汗，而是第一時間拿起球隊的平板電腦，查看自己今晚的個人數據。

——14顆籃板球，3次封阻（註5）……唔，數字還不錯。

梅耶斯微笑，露出雪白的牙齒。

擅長防守和搶籃板球的梅耶斯，每晚比賽最重視就是自己這兩項個人統計，因為這些數字就是他的飯票。

---

④ **籃板球**（Rebound），把投射不進的球搶下來。分為進攻籃板球（Offensive Rebound）和防守籃板球（Defensive Rebound）兩種，即是在進攻或防守時取得，一般來說前者比較難搶到（因為在對方的地盤裡）。搶籃板球厲害的球隊與球員，能夠增加己隊／減少對方的進攻次數，往往足以左右甚至主宰球賽勝負，是得分以外最重要的統計數據。

⑤ **封阻**（Block），又俗稱「蓋火鍋」，防守時將對方的出手投球攔截下來。通常是高大中鋒和前鋒擅長的技能。

能夠贏球當然最好，但是對梅耶斯這個「籃球傭兵」來說，球賽的勝負，遠遠不及個人數據那麼重要。一個外援球員，就算能夠幫助球隊贏得再多比賽，要是無法交出亮眼的個人數據，他在僱主眼中的價值就會下降，也無法得到市面球探的注目，將來隨時會流落到薪酬更低的聯賽，甚至失業。

身為籃球世界裡打滾多年的浪人，梅耶斯非常清楚這一點。因此當知道自己今夜不用再上場，而又拿到好看的統計數據後，梅耶斯就像個完成一天工作的上班族，心裡只想快點下班回家休息，沒再理會仍站在場上的隊友。

最後一個正選球員，當然就是方宙航。

可是誰也無法看見他的表情。

方宙航就像從前仍然是「都球」巨星時那樣，用毛巾蓋在頭上遮掩。他的Air Jordan球鞋早就脫下來丟到腳邊，雙臂交疊胸前，攤坐在椅上沒有移動半分，似乎已經睡著了。

今夜進來「北區體育館」觀賞的球迷，有三十幾個是專誠為了看方宙航而入場的。他們是追隨方宙航多年的死忠球迷，人數雖然早就比高峰時減少許多，但是每場南曜電機的比賽，仍然會發現他們的蹤影，其中不少人更依舊穿著印了「HEART and SOUL」口號的白T-Shirt。

每一晚，方宙航仍然能夠給他們看見想看的進攻表演——但是僅限在20

分鐘以內。每到第三節中段，不管比數如何，方宙航都不會再上場——即使他願意繼續打，以他見底的體能，已然做不到方宙航正常能做到的事情。

這就像每場比賽都會重複一次的儀式，今晚也沒有例外：方宙航加起來只出賽短短16分鐘，已經拿到可觀的18分，但是到第三節7:48時，他就主動向教練要求換人，然後回到板凳區，脫下戰鞋，披上毛巾坐著。那些為了捧他場而來的老球迷，一看見這個脫鞋「訊號」，已經確定方宙航在餘下時間都不會回到場上，他們多數會提早陸續離開。

不過到了下次南曜隊作賽，他們還是會回來。方宙航畢竟是前「都球」MVP，不管身體多衰退，打球動作仍然有一股揮之不去的魅力；如今只要買一張廉價的「AAA聯賽」門票，就能夠在現場觀賞到，可說十分划算。

在方宙航背後的南曜球迷區，此刻只剩大片空空座席，讓人感受到一股深刻的悲哀，好像在提醒所有人：方宙航的生涯，是一個曾經多麼美好卻已然掏空的夢。

方宙航坐在椅上的身體語言，卻像在向全世界人說：我對這一切都不在乎。

仍在球場上來回奔跑的南曜隊員，瞥見己隊板凳區的氣氛如此冷淡——沒有任何人打氣，甚至沒有人看他們打球——感覺十分不好受。

蘇順文和東尼．迪森，已經是最不計較的兩個。他們只是上班族，能夠得到這罕有的一點點上場機會，穿著隊衣在正式比賽裡奔跑，已經十分滿足，並不奢望能夠獲得教練或隊友關注。

後備中鋒石群超，此刻高舉著肌肉賁張的壯臂，大聲吶喊，猛力從高點摘下一顆防守籃板球。他著地時往板凳那邊偷瞧了一眼，卻發覺老教練康明斯根本沒有看過來。先前每次拿到籃板球或者成功防守，石群超都會同樣看向教練，卻始終沒法獲得半點認可或讚賞的目光。

石群超心裡很無奈，但個性樂觀簡單的他，仍然對著場上隊友咧嘴大笑。他把搶到的球傳給郭佑達，自己則踏著沉重的步伐跑上前去。石群超的身材像健美運動員多過籃球員，跑得比所有隊員都要慢。他沒有甚麼進攻板斧，防守技能也不是特別高，全靠體型、力量和堅持，在籃下卡位搶球倒還有點作用。

看見石群超搶到球的瞬間，王迅早就拔足奔過半場上前突擊，但是郭佑達還是沒有把球扔給他，又白費了另一次快攻（註6）機會。

郭佑達這麼做的原因，就跟剛才一樣：他不想傳失球，寧可甚麼也不做，只等待著這段無甚意義的比賽時間快快結束。

王迅打球時雖然異常專注，但偶爾還是會瞄向板凳區。跟石群超和郭佑達相比，他這個新人的上場機會還要更少，自然很希望在教練眼前有所表現——即使只是在勝負已分的垃圾時間裡。

康明斯的蒼老臉孔一直低垂，盯著手裡的賽程表，沒看球場半眼。王迅內心深處感到有些沮喪。

更令王迅失望的，卻是此刻用毛巾蓋著眼睛的方宙航。

王迅多麼渴望給方宙航看看，自己是怎樣打球；想讓方宙航知道，當年那句「加油」，造就出一個怎樣的籃球員。

但是方宙航在這個時刻，完全與世界隔絕。

蘇順文又投失另一顆中距離球，結束了南曜隊的進攻。時鐘只餘下1:05。

王迅卻仍然全速飛奔回防，成功阻止了楊國松的單打快攻。

——就算到了這種時刻，王迅的精神仍然沒有半分鬆懈。

楊國松無奈地運球退回三分線外，等待隊友過來支援，順道燃燒多一點餘下的比賽時間。

王迅趁著這個空檔，再次瞥向南曜的板凳區。

這時他發現，球隊裡還有一個人，仍在用心看著球賽。

是站在康明斯身旁的衛菱。她就像平日穿著一身運動服，頭上戴了印有南

---

⑥ **快攻**（Fast break）：防守時拿到球，趁著攻守交換、對方球員還未全數回到後場準備之前就搶先攻擊。由於這種狀況下進攻的空間較多，而且經常有人數上的優勢，快攻的成功率往往較一般進攻高；快攻速度高又積極的球隊，會令對手受到很大的心理及體能威脅。

曜電機標誌的水藍色鴨舌帽，長長的馬尾從帽後垂出來。她手中拿著做筆記用的平板電腦，明亮的雙眼注視著球場上每一個人。

衛菱腳邊放著一個大運動袋，裡面塞滿了救傷用品、暖身按摩器具和冰袋等雜物；另一邊則架著數碼攝錄機，正在拍攝球賽實況。

今晚這場南曜對金河的「AAA」常規賽事，並沒有任何電視或網路頻道轉播，因此更需要球隊自行錄影做記錄。平日這種工作是由蘇順文和迪森輪流負責的，但此刻他們兩個罕有地同時出賽，於是身為訓練員的衛菱也得兼顧拍攝。

就算如此忙碌，衛菱仍然關注著這早已沒有意義的球賽時段。

王迅瞧著衛菱，剛好與她的視線相對。

兩人四目交投，卻都沒做出任何反應。連互相點頭或微笑都沒有。

可是當王迅再次朝著楊國松擺出防守架勢時，他感覺身心都重新注入了能量。

——剩下這分鐘，我不會讓對方再得一分。

楊國松策動起金河酒業隊最後的攻勢。第一投偏了，但是他們搶回進攻籃板；稍微重整後再攻，又不進；然後是第三次。

接連三次進攻，都在王迅活力驚人的干擾、協防和補位之下，無功而退。

衛菱站在場邊，眼睛一直盯著王迅，並朝著開啟了錄音功能的平板電腦錄下幾句話。

金河雖然仍然持球，但球員放棄第四次進攻。

球賽最後十幾秒，在楊國松控球之下用光了。

這一戰結束後，南曜電機籃球隊開季5場比賽戰績是2勝3負，勝率宣告跌落五成以下，前途一片晦暗。

——而球季開始前許下的奪冠豪語，已經越來越像個笑話……

雙方球員進場，互相握手致意。唯一例外是方宙航，他仍然蓋著毛巾，一聲不響就自己一個先回更衣室。其他人對此見怪不怪，也沒理會他。

王迅上場時間並不多，全身卻都被汗濕透，可見在這短短時段裡運動量不小。他似乎仍然沉醉在戰鬥狀態中，沒有完全清醒過來，木無表情地與金河酒業的球員逐一握手。這時有人從後拍拍他的肩。

是剛才跟他激烈對抗的楊國松。

王迅低頭向前輩鞠躬。楊國松卻用拳頭輕輕擂了他胸口一記。

「小子，你要繼續這樣打。」楊國松笑著對王迅說：**「一定會有人看見的。」**

沒有怎麼特意誇讚，卻說出了王迅最希望聽見的話。

王迅喉頭哽著一股血氣，一時說不出話來，只能再次對楊國松誠摯地行禮。

附錄：

籃球場上
五人位置解說

南曜電機
SOUTH STAR ELECTRIC

1號位：控球後衛（Point Guard=PG）

全隊進攻的指揮官，主要職責是組織攻勢和傳送，亦不時要用個人運球切入的能力去破壞對方防線，運球及傳球等技巧要求較高，故此通常由身材較矮小的球員擔任。

控球後衛有很多不同類型，好像南曜電機隊，正選控衛是穩實而擁有三分投射的隊長關星陽，次席控衛則是腳程飛快的郭佑達。

2號位：得分後衛（Shooting Guard =SG）

主力肩負投籃得分的責任，擁有準確的中、長距離外線火力，也常具有運球切入攻擊籃框的能耐，進攻手段多面。

砍分猶如探囊取物的方宙航，正是得分後衛的典範。

3號位：小前鋒（Small Forward=SF）

身材比後衛高壯，但同時又比大前鋒及中鋒細小而快速，是負責得分、防守和搶奪籃板的多工球員。由於兼具速度及身高，進攻時是快攻和切入的好手，防守上則可應付內外不同位置，技能的彈性非常大。

南曜隊的正選小前鋒為另一位隊長葉山虎。

4號位：大前鋒（Power Forward=PF）

身型比小前鋒高大壯碩，主要任務是保護籃下禁區及爭奪籃板球，球風較為硬朗。

不過現代籃球的大前鋒，有些亦擅長傳球及外線投籃等後衛技巧，能夠拉開球場空間，令對方難以防禦。龍健一就是這類全能PF。

5號位：中鋒（Center=C）

多由隊裡最高大的球員擔任，負責籃底下攻防重責，是鎮守中路與內線強攻的大支柱。

傳統籃球的半場進攻，中鋒是禁區裡最具威脅性的穩定得分點，所以經常都會透過他策動攻勢；但是近年籃球風格轉變了，節奏加快，巨型中鋒在進攻上的角色不再如往昔重要。

好像南曜隊的正選中鋒外援大衛・梅耶斯，缺乏攻擊技巧，但因為擅長防守和保護籃板等苦工，仍然能佔一席地。

以上是籃球傳統的位置劃分，但並非恆常固定。有些球員類型跨界，兼具不同位置功能，例如同時具有控衛及得分後衛特長的雙能衛（Combo Guard）；能因應情況充當得分後衛或小前鋒的搖擺人（Swingman）；高大但又擅長傳球助攻的控球前鋒（Point forward）；擁有中鋒身材及前鋒靈巧性的中前鋒（Forward-Center）等等。

2

方宙航從淋浴間走出來，只得下身圍著毛巾，頭髮仍然滴著水珠，疲倦地坐在更衣室最角落的板凳上。

他那赤裸的瘦削上身，展露出各處刺青：左、右兩邊肩頭是一對民族風的月亮和太陽圖案，背脊刺著一雙羽翼，左胸則有一顆黑白分明的五角導航星。

即使方宙航近年的生活這麼放縱，又已經年過三十，他的身體卻得天獨厚，依然沒有浮出半點贅肉。雖然沒有發胖，但是體質卻轉變了，那一條條修長的肌肉，從前總是彈簧般貫滿能量，如今卻顯得像營養不良，皮膚的顏色也比從前蒼白了許多。

自從兩年前被「都球」放逐了之後，他早就沒有再梳從前那個標誌的玉米辮子頭，任由亂蓬蓬的捲髮散開來，長期好像剛剛睡醒的模樣。

一個場館清潔工這時走進來，手裡提著便利商店塑膠袋，裡面是一排六罐啤酒。他把啤酒放在方宙航面前，再將一把零錢遞過去。

方宙航揮揮手，示意清潔工把找贖收下，甚麼都沒說就伸手進塑膠袋裡，摘下一罐啤酒，打開來仰頭喝了一口。

沉靜的更衣室裡，只有花灑的水聲與瀰漫的蒸氣，還有一股敗喪的氛圍。

南曜隊球員們互相擦身而過，沒有半句交談。誰也沒有心情。

大多隊員仍在後面淋浴，更衣板凳之間只得幾個人。

梅耶斯已經迅速換好乾淨的衣服，把儲物櫃大力關上，拿起運動袋，隨便揮揮手說聲：「Bye guys!」，也沒等任何人回應，就第一個離開了。

——他只想盡快回家睡覺。身體，就是外援球員最重要的資產和賺錢工具，一定要好好休息保養。

關星陽坐在方宙航旁邊不遠處，膝蓋仍然包著冰袋，雙腳也浸在冰桶中。他看見方宙航喝酒，卻沒有開口勸止。

關星陽除了是南曜電機的隊長，也是資格最老的隊員，不論儀表、球風和場外處事都穩重如磐石，在隊中最得人望，對隊友的影響力，有時比康明斯教練還要大。

然而全隊唯獨有一個人，連他也沒法管。

不論甚麼時候，方宙航身周總是散發著一股令人不敢干犯的「氣」，來自他從前累積的巨大威望。在球場上曾經無所不能的「戰神」，即使落魄到今天這個地步，同儕間對他的尊敬仍然沒有消失；只要是籃球員，在方宙航面前就很難大聲說話。沒有人能告訴他可以幹甚麼，不可以幹甚麼。

瞧著方宙航接連把啤酒罐舉向嘴巴，關星陽只能露出厭惡的神情，別過頭去。

——反正這種事情又不是第一次……

其他球員陸續淋浴完出來更衣，大家同樣裝作看不到。

王迅一邊走，一邊用毛巾輕輕擦乾頭髮。他看見已經在喝第二罐的方宙航，不禁停下步來。

方宙航灌下一大口酒，打了個嗝。王迅隔著好幾呎也嗅到那陣酒氣。

「有甚麼事？」方宙航冷冷盯著王迅問。他的眼睛浮出紅絲。

王迅慌忙搖頭，匆匆回到自己的儲物櫃前，不敢再與他有眼神接觸。

這跟王迅當初的期待，完全不一樣。

從季前訓練營到今天，王迅加入南曜電機隊已經三個月，但是幾乎沒有跟方宙航正式交談過半句。每一課練習，方宙航都非常冷淡，也很少完整地從頭練到最後；隊內的對賽練習，王迅從未被安排去防守方宙航，而當分派在同一隊時，彼此也沒有任何交流。

事實上只要是有方宙航參與的練習項目，就讓人感覺不出半點籃球熱情，而只像完成某項循例工序。他毫不掩飾的酗酒問題，更是令隊友們厭惡。

王迅從前對偶像的一切憧憬，在這短短三個月，就已經被消耗得七七八八。他實在深深感到失望。

——七年前那個會對我說「加油」的方宙航，到底去了哪裡？……

更衣室裡靜得連毛巾磨擦聲都聽得見。誰也不想提起今夜這場敗仗，或是談論球隊的未來。

假如還有未來。

金河酒業這支老牌球隊，在「AAA聯賽」並沒有甚麼爭標實力，這一晚卻送給南曜電機如此徹底的屈辱。

常規賽季才剛剛開始，但是南曜隊裡的一切，都指向一個災難性的球季。在成員之間，嗅不出半點求勝的氣味。

康明斯教練，帶著一股比球員們還要鬱悶的氣息，在這時候走進來。昏暗燈光之下，他臉上的皺紋顯得格外深——不久之前才被年齡小自己一大截的人嚴詞斥責，任誰也無法放鬆臉皮吧。

球賽剛打完，白曦樺的電話就馬上打過來。

「不管你用甚麼方法，立刻把情況改善。」在手機裡，白曦樺的聲音顯得異常冰冷，往昔的尊重都消失了。「否則我只好另外找人。你也不希望到了這種年紀，任教生涯才第一次蒙上被中途撤換的污點吧？」

理察·康明斯雖然不算本地球壇的頂尖名帥，好歹也歷任幾支大學隊的教頭，生涯勝率接近55%，最高峰時曾經率領富格工業大學打進「甲組大學聯賽」四強（可惜最終只得季軍）；他也曾經有一年短暫跳進「都球」職業隊當教練，雖然成績不佳，但也是執教實力的重要里程碑。假如到了生涯最末段，連一個「AAA聯賽」的球季都無法完成就被半途裁撤，以他這把年紀，恐怕很難再獲另一支球隊聘用，他的籃壇旅程將以不光彩的方式結束……

康明斯當然也看見方宙航在喝啤酒。他淡然把視線移開，好像沒甚麼大不了。

教練這種反應，令王迅感到不可思議。要是從前在明城商大的更衣室裡發生這種事，貝教練已經親手把那喝酒的球員摔出門口。不管他是球隊裡暖板凳的大後備，還是不可取代的頭號得分手。

龍健一這時換好了衣服。他身上穿著的是遊戲《死靈戰隊》的T-Shirt，還戴上印有Realer公司標誌的棒球帽。這是公司要求他進出球場的穿著——當然，Realer又另外付給他一筆代言費。

他坐在更衣室的板凳上滑著手機，瀏覽器打開《10 FEET》網誌的主頁。還沒有更新。龍健一又轉往查看Facebook和幾個運動媒體的Twitter，看看有甚麼關於他與南曜隊的更新文章。他想知道吃了這場敗仗後，自己又受到記者怎樣的鞭撻。

南曜連敗！奪冠宣言成空話
超級新人KEN僅得6分，火力失靈

看著這標題，龍健一緊鎖眉頭。

從擁有常勝傳統的聖道明大學，來到戰績不濟的南曜隊，龍健一難以適應這種巨大的落差。放棄了最頂級的「都球」來打半職業的「AAA聯賽」，他這個「超級新人」是本季南曜電機最重大的投資，但同時也意味著，南曜隊所有的挫敗，全部都會算到他頭上。

對於一個只得二十歲的男生來說，受到這麼海量的公開批評和嘲諷，那壓力半點也不好玩。龍健一被這些接連的負面報導炮轟，不但沒有隨著時間而麻木，反而忍不住越來越關注。

豐厚的球酬支票，每個月準時都會送到他手裡。但是**龍健一的人生裡第一次感覺到，自己無法享受籃球。**

他繼續低頭查看手機，根本沒有理會走進來的康明斯。

除了龍健一、方宙航和仍然泡著冰桶的關星陽外，其他南曜隊員都走上前，圍聚在康明斯面前。陳競羽和郭佑達等幾個，都沒有正眼看教練。他們並不期待甚麼賽後改善檢討，只想快快回家休息，忘記今日的敗仗。

——我們明早還要上班呢……

康明斯掃視著他們，感受到眾人之間差劣的氣氛。他在想，要怎樣用最簡短的說話去傳達信息，但又不失教練威嚴？康明斯一向都不是那種在更衣室裡吼叫的熱血型教頭，何況這些球員都已經不是學生了，他並不覺得對他們斥罵有甚麼正面作用。

正當康明斯準備開口時，一把響亮的聲音卻從更衣室門口搶先傳進來。

「怎麼了？沒了我，你們就打得像一團狗屎嗎？」

聽見這聲音，關星陽翻了翻白眼，然後露齒笑起來。

——渾蛋，終於回來了嗎？……

這個一邊呼喝、一邊闖進更衣室的傢伙，身高比王迅矮一點，存在感卻好像巨大一倍。他從頭到腳的打扮都很誇張，還未到冬天就披著一件棗紅色的皮衣，架著火焰燃燒般的橘紅太陽眼鏡，手裡拄著一根裝飾了白銀獅子頭的櫻桃木手杖，踏著的牛仔皮靴每步都登登發響。

雖然被反光大鏡片遮掩著雙眼，仍然看得出這個男人的面容很英挺，唇上和下巴尖留著修剪得非常漂亮的鬍鬚，古銅的膚色，加上比例勻稱修長的身材，散發著一種發亮的魅力。

王迅瞪大眼睛，看著這個耀眼的男人。

BKLYN
11

即使還未一起練過球，王迅認得出他是誰。這個城市裡，很少人會不認得。

南曜電機籃球隊的另一位隊長，先發小前鋒葉山虎，還有一個身分是本地的當紅模特兒——或者應該說，那才是他正式的職業。葉山虎雖然沒有打進高端時裝界，表演工作以街頭潮流服飾為主，但由於兼任運動員，令他經常成為跨界的媒體話題，雖然今年已經三十歲，人氣一直非常高。

葉山虎舉起戴著銀指環的手，摘下太陽眼鏡，露出一雙魚尾紋深刻的銳利眼睛。他看著聚集在更衣室裡的隊友。

「再這麼輸下去可不行呀……」葉山虎半閉著眼搖搖頭：「沒等我回來，就先輸掉季後賽的入場券，教我怎麼率領你們去拿冠軍呀？」

陳競羽和郭佑達，還有另一個較資深的南曜後備大前鋒呂劍郎，聽了葉山虎這番話，心裡很不服氣，但三人都沒敢回話，完全被葉山虎的氣勢壓倒。

王迅站在一旁仔細觀察葉山虎，上下打量他那身衣飾。真的配襯得很厲害呢，王迅心想。

看著葉山虎以這副鮮烈又誇張的打扮，大剌剌地走進氣氛沉悶的更衣室，馬上吸引著所有人的目光，王迅既覺得好玩，又有點羨慕。

——一個人可以這麼任性地表現自己，真好呢……

——假如從前在大學，我穿成這副模樣去練球，肯定當場就給貝教練脱光！但是葉山虎那張辛辣而自負的嘴巴，又頗令王迅反感。他心裡對這個人的第一印象，非常複雜。

——這麼浮誇的傢伙，是怎麼當上隊長的？……對於葉山虎的説話，方宙航彷彿充耳不聞。他此刻關心的就只有手裡那個啤酒罐。

龍健一的眼睛裡卻閃出怒火。接連打輸球，已經令他十分苦惱。「教練……」龍健一開口，對著的卻是康明斯而不是葉山虎：「我們球隊從甚麼時候開始，連沒能上場的人也有資格説話？」

更衣室裡的空氣頓時繃緊。

「呵呵……」葉山虎撫摸鬍鬚笑起來，看著關星陽：「老關，看來今年我們的新人好有精神啊！」

關星陽只是聳聳肩。

「新來的！」葉山虎用手杖遙遙指著龍健一：「有這股火氣的話，不如好好用在球場上吧！」

「你也是。」Ken站起來反擊：「有時間講究穿衣打扮，不如好好鍛鍊和復健。」

王迅雖然不喜歡這股急升的火藥味，但是心裡不禁為Ken喝采——畢竟自己跟他，都是葉山虎口中的「新來的」，當然要站在同一陣線。

康明斯苦惱地掩著眼睛，一副不想再看下去的模樣。

葉山虎聽見Ken的說話不禁笑了——笑得就像發現新玩具。他正要再次開口向龍健一發炮，一個矮小的身影從他身後出現。

是個非常可愛的少女，清爽的短髮配著尖細精緻的臉，穿著NBA球衣和Air Jordan 1球鞋，簡直像是從動畫跳出來的人物，眼睛形狀令人覺得她永遠都在笑。

少女一隻手挽著葉山虎的臂彎，看著更衣室裡眾人。

許多球員這時還未穿著整齊，一看見這個亂入的少女，馬上嚇得雞飛狗跳，不是躲起來就是忙著找衣服掩蓋。

「娜娜！」關星陽及時用毛巾蓋住只穿內褲的下身，大聲吼叫：「我說過多少次？不要隨便進來更衣室！」

「有甚麼關係？」葉山虎豪邁地大笑：「反正她早晚要習慣看男人的裸體啊！」

少女聽了也偷笑，露出兩隻可愛虎牙。她是葉山虎的妹妹葉山娜娜，今年只有十七歲，身處四周都是男性胴體的球員更衣室，卻半點不見這個年紀該有的醜典。

娜娜一出現，先前的緊張氣氛頓時消散。康明斯鬆了口氣。他心想已經沒法再訓話了，原本準備好的檢討，只好留待下次練習再說，也就獨個悄悄離開更衣室。

葉山虎走到關星陽身旁坐下來。他原本的輕佻神情這時不見了，認真地與老隊友悄聲交談。

「我們球隊……真的有這麼糟糕嗎？」他問。

「你剛才也看了比賽吧？」關星陽把雙腳從冰桶裡抽出來，轉動一下腳踝關節。「是的。就是這麼糟。」

他直視葉山虎一眼，又繼續說：「也不是完全無法修補的。如果只計算球員火力的話，我們絕對足夠……」他看著正在收拾東西準備離開的龍健一。「我們的問題不在實力，而在其他。」

葉山虎點頭同意。

關星陽輕輕踢了葉山虎的手杖一腳，皺眉問：「還得靠這個嗎？」

葉山虎把手杖轉了個圈：「一早不用了。是配搭造型呀。這東西不是很漂亮嗎？」

關星陽沒好氣地笑笑。那笑聲裡帶著放下心頭大石的意味。

「快回來吧。我們需要你。」

王迅也是匆忙找衣服穿的其中一個。當他終於找到上衣套上時，有人戳了戳他背項。

他回身一看。迎接他的是葉山娜娜的笑容。

「你叫王迅吧？剛才我第一次看你打球呢。」她擦擦鼻子説。

王迅不知道該怎麼回應，只好點個頭。

「你打球的時候，本來我沒看，只顧著玩手機。反正勝負已分嘛。」

王迅聽著有點失望，葉山娜娜卻繼續説：「是哥哥叫我留心看你的。他説你的防守很好。我看了，是真的呢。」

「謝謝……」王迅很意外，不禁再次瞧向葉山虎。

——他竟然有留意我打球？……

王迅心裡不禁想：也許這個葉山隊長，還有我未曾了解的一面……

「好吧。從今天開始，你是南曜隊裡我最喜愛球員的第三名。」葉山娜娜擂了王迅肩頭一拳。

第一名當然是她哥哥。

「第二名是誰？」王迅問。

「當然是Ken呀！」葉山娜娜露出一副「你竟然連這也想不到」的表

情。她手掌半掩著嘴巴，靠過來悄聲向王迅說：「其實我覺得Ken比我哥哥還帥……可是你千萬別告訴哥哥，他會殺掉我！」

王迅笑著點頭答應，繼續瞧向坐在遠處的隊長。

● ● ◉ ● ●

當康明斯步出更衣室時，遇上衛菱正等在門外。在她腳邊堆滿了球隊器材，另外還有一個空著的大布袋，準備用來收集穿過的髒球衣。

康明斯看見她背靠牆壁坐在走廊上，一邊看著攝錄機的細小螢幕重播，一邊用平板電腦做筆記。

衛菱發現了康明斯，馬上站起來。

「教練。」她點點頭敬個禮：「今天的比賽，我有個想法……」

康明斯揮手止住她：「我很累。」只說了這句就離開。

衛菱瞧著他的背影，嘆了口氣，沒奈何地聳聳肩，又再坐下來繼續看球賽影片。她一想到甚麼念頭，就用手指就在平板上寫字繪圖，很快就把那頁筆記寫滿。

3

「嗚——喔——」

王迅仰著頭，呼出這個又長又大的呵欠，眼角擠出淚水。

「你在幹甚麼？」

一把嚴厲的叱罵聲，嚇得王迅馬上清醒。他慌忙合上嘴巴，把眼睛擦乾淨。

「打個呵欠都不會掩嘴巴！你到底有沒有身為市場業務員的自覺啊？這算是甚麼態度？」

甘主任繼續高聲吼叫，音量之巨大，跟他那矮短身材完全不成正比。

王迅挺直身軀，整理一下領帶，尷尬地向甘主任道歉：「對不起！我以後會注意！」

倉庫裡的眾多同事，看見了都不禁偷笑，令王迅更尷尬得臉紅。

甘主任上前幾步，站近在王迅面前。他的高度只及王迅胸口，氣勢卻完全將這個公司新人壓得死死。

「那你還不繼續工作？要記住，你是新人！新人呀！不想給部門的所有同事製造麻煩，你就得花三倍的努力！三倍！明白嗎？」

喜歡重複地說重點詞，是甘大榮主任的習慣。

王迅再次低頭致歉，急忙拿起手上的檔案夾打開來。

裡面是一疊南曜電機產品的列印清單，十幾頁紙排滿密密麻麻的字母和數字，都是產品型號、名稱、數量、價錢、存貨登記位置等等詳細資料。

他抓抓頭髮，看著倉庫四周堆疊得像房屋般高的無數存貨，濃重的倦意又再襲來。

昨晚輸掉了對金河酒業的比賽後，王迅的心情很鬱悶，於是上街跑了五公里才回家睡覺，今天再大清早擠鐵路上班。

這就是非全職球員的生涯。成為南曜籃球隊員的同時，王迅也是南曜電機企業的員工，除了練球和比賽，還得兼顧全日正職上班。

今天他們這一組市場推廣部的員工進來這倉庫，是要收集和點算南曜提供給零售商及宣傳渠道的試用樣辦，除了核對產品型號和數量之外，還要檢視包裝狀況，逐一測試確定沒有損壞……所有步驟都沒甚麼技術難度，但卻是非常繁瑣而又花耗時間精力的工作。

王迅此刻感覺格外疲倦，不只是因為昨晚曾經比賽和跑步，也是想到接著的六個小時，都是要面對這麼沉悶又重複的工序，完全無法提起幹勁。

——運氣好的話就是六小時；要是大家趕不及完成，還得加班……

籃球隊昨晚剛剛打過比賽，今晚不會有練習。王迅連向甘主任申請不加班的理由都沒有。

「還有你的頭髮！頭髮呀！」甘主任仍然不放過王迅，指著他繼續吼叫：「我已經跟你說過四次，要你換個老實一點的髮型！這副模樣要怎麼見客戶？客戶呀！」

王迅很怕甘主任，但唯有髮型這一點絕對不肯退讓。他只是含糊點個頭「嗯」了一聲，就扮作去尋找貨品，逃跑到倉庫深處。

不管怎麼不願意，工作還是得做。王迅開始按照手上的資料，在迷宮般的貨箱之間，尋找一款電流按摩儀的所在。

這座倉庫是南曜電機三年前才花錢翻新的，裡面燈光明亮，空氣調節也非常舒適，相比起籃球隊那個舊貨倉改建的練習場，實在漂亮光鮮得多。

——假如把這裡改造成籃球場，一定超棒的……

王迅一邊胡想一邊工作，不經不覺收集到清單上的十幾款產品樣辦，他再三核對了型號，然後逐個接上電源或充電，一一確實地試用。這麼做就花掉了個多小時。

在等待貨品充電時，王迅坐下來稍微休息一下。

他放空了腦袋，手裡的原子筆，在那疊清單上游移，筆尖不自覺落在右上角的空白處，畫出了幾根線條。他再輕輕勾勒下去，一幅細小的簡筆漫畫就出來了。**是一頭拿著籃球、戴著大耳機的猿猴。**

這是王迅從小就喜歡繪畫的角色，想都不用想就畫出來，下筆非常熟練。

讀小學四年級時，同學開始取笑他的樣貌和動靜好像猴子。他非但沒有生氣，反而覺得這個形容蠻有趣，還開始捉弄同學，偷偷在他們的書本和作業上畫猴子，就像是簽名一樣，因此被老師罰過許多次。王迅從那時候漸漸喜歡上畫東西，成了他籃球以外一個特殊的愛好。這個戴耳機的籃球猿猴，就是他這些年創造出來的傢伙。

畫完一個之後，王迅還未盡興，翻到下一頁，又在右上角同一位置再畫另一個，動作稍微不同。

他就這樣一口氣畫了六頁，再把它們疊整齊，用指頭翻動紙角。

這頭漫畫猿猴頓時活起來，做出一招單手灌籃。

王迅不斷重複翻動那疊紙張，一次接一次地看著猴子拿起球跳躍。他享受著這種簡單的快樂，咧開嘴巴笑得像個孩子。

四年前王迅高中畢業，靠籃球實績獲得推薦入讀明城商業大學。當時他決定升學單純只是為了繼續打球，對於學習根本沒有甚麼想法。除了籃球他最大的興趣就是畫圖畫，可是明城沒有美術設計之類的科系，他只好挑選跟繪畫有少許關係的廣告傳播系作主修科。

王迅的四年大學成績還不差，一來因為有貝守義教練的密切督促——籃球隊嚴格規定，平均成績不達標準的隊員不許上場作賽——二來他也覺得這個科系的功課比較自由和考究創造力，讀下來蠻有趣的。

雖然擁有這樣的學科背景，但是進入南曜電機企業後，王迅卻沒被派到廣告部去，而是被塞進來市場推廣部工作，原因很簡單：這個部門對於學歷和專業資格的要求沒有那麼高。

——南曜電機的廣告部是企業的三大最重要部門之一（另兩個是研發部和銷售部），套用籃球術語，這三個部門就等於先發正選陣容，人才競爭異常激烈。像王迅這種只不過靠打籃球擠進公司大門的新人，當然不會錄用。

市場推廣部其實也跟廣告創作有些關係，但王迅只是個新人，目前不可能參與任何大型的宣傳企劃。入社這幾個月裡，王迅都做著跟以前所學毫無關係的下層工作，不是幹這類點算樣辦的瑣碎事務，就是跟著前輩去拜訪零售商——實際上主要是當搬運工和跑腿。

每天的工作時間，令王迅感覺漫長得要命，幸好總有一個盼望支撐著他：下班之後，就可以去練球和比賽。

而每當沒有球隊練習的上班日，他就格外覺得煎熬。

瞧著自己筆下這頭猿猴，王迅的心根本完全飛到了籃球那邊去。

——不知道Ken他們幾個正在幹甚麼呢？……

整支籃球隊裡，只有四個隊員不必來南曜電機上班：方宙航和龍健一都以全職球員身分簽約；梅耶斯是外援洋將，當然也是全職；葉山虎跟南曜簽的則是兼職球員合約——他身為著名的時尚模特兒，才不會走來當上班族。

其他所有隊員則全部都是南曜電機的員工，包括了隊長關星陽，目前在物料供應部擔當組長，是他們這些「上班族球員」裡職級最高的一個。王迅實在想不明白：隊長在這十二年裡，到底是怎樣一邊持續打球並且成為主將，另一邊仍然能夠升上公司管理層的？……

王迅特別想到龍健一，因為彼此都是球隊的新人。Ken整天都能夠自由活動，王迅想像他此刻一定是在健身房裡鍛鍊，或者在球場拚命練習吧。

——而我卻被困在這不見天日的倉庫裡……

他抓抓身上的西裝外套和領帶，恨不得馬上脫下來。穿著它們的每一秒，他都感覺自己在浪費生命。

可是一想到甘主任經常強調的說話，他就連把領帶結鬆開一點點也不敢。

「保持儀容是身為業務員的基本！基本呀！」

王迅不知道，自己為甚麼會這麼害怕甘大榮。

——他明明又不是籃球教練啊……

還有兩個球隊裡的人，也不用來南曜電機上班。一個當然是康明斯教練，另一個則是衛菱。她名義上是球隊的訓練員，實際上幾乎所有雜務，上至對外文書聯絡，下至將球衣裝備送洗，她全部都得兼顧，忙碌程度還超過他們這些辦公室上班族。

一想起衛菱，王迅記得她手上有昨晚比賽的影片。明天的練習，應該會集體重溫影片做檢討吧？可是王迅等不及了，他很想馬上就拿到手。昨晚的比賽有那麼多垃圾時間，王迅罕有地上場超過了5分鐘；今晚不用練球，他在家裡會有很多時間研究自己的影片，看看防守技巧有甚麼可以改進。

他沒多想就掏出手機，在球隊公用的Whatsapp群組裡打信息：

WL，比賽影片整理好了嗎？今天傳給我？

「WL」是球隊眾人通信時對衛菱慣用的簡稱。

王迅打完後正要收起手機，卻馬上就傳來震動。有新信息，是衛菱的回覆，卻不是透過群組，而是從個人號碼傳過來的。

請我吃飯就給你

王迅看著這幾個字，愣住了好幾秒。

回想起來，自從宣佈入隊的那天在辦公室裡認識了之後，他們兩個一直都沒再像那次般單獨談話，只在大夥練習和賽事期間才交流。王迅至今都沒機會多了解她一些——尤其她常常埋首寫那些籃球筆記，到底是怎麼回事。

——哈哈，她這句話應該沒甚麼特別意思吧？……

再考慮了一會，他透了口氣，才鍵入「OK」。

沒幾秒，衛菱的回覆就連珠炮發地彈出來。先是一串四個心形眼笑臉；再來連續拉三個慶祝花炮；「我要好好想吃甚麼」；「你有多少預算」……

王迅目瞪口呆地一直滑著手機這些連環信息，完全沒能答上話。

終於好不容易他們才約定了時間地點。王迅收起手機，回頭卻看見蘇順文一直站在背後，正瞧著自己。

「幹嘛？」王迅帶點慌張地說，整理一下外套。

「還問我幹嘛？在替你把風呀。」蘇順文說著，拉住王迅向前走，用原子筆指向兩邊貨架，假裝一起在尋找產品。「要是給主任看見你在玩手機，你就死定了。」

王迅看著他，抓抓額頭傻笑。能夠跟隊友蘇順文成為市場部裡同組的同僚，是他入職南曜電機以來唯一覺得幸運的事情。

「剛才捧著手機這麼入神，是怎麼回事？」蘇順文問：「跟女朋友通信？」

「男的啦。大學隊友。」王迅胡亂撒個謊。

「今晚約了嗎？那就用心工作吧。」蘇順文拍拍他肩膀。「再拖下去就得加班了。」

王迅點點頭，不情不願地看著手裡的貨品表單，始終沒法打起精神來。

「阿迅，其實我早就想跟你說……」蘇順文的表情變得嚴肅：**「我覺得，比起籃球，你應該多把心神放在工作上。」**

王迅停下來看著前輩。

「多得有籃球，你才能夠進入南曜電機這種規模的大企業工作。你知道正常來說，一個畢業生要考進南曜有多難嗎？」蘇順文語重心長地繼續說：「應該好好珍惜這種機會啊。」

王迅與南曜籃球隊所簽的球員合約，雖然只有兩年，但是約滿之後假如無法再與球隊續約，他可以選擇續任南曜電機的全職員工，其中只有兩個條件：不可以效力其他企業球隊；入職兩年間的工作表現，能夠取得最基本的合格評核。

——類似的這種合約，在本地許多企業附屬球隊很普遍，主要是保障球員在競賽生涯無法繼續後的生計和前途。

「我知道你很愛籃球。不過你認為自己能夠繼續打多久呢？進軍『Metro Ball』、成為名利雙收的球星，機會又有多大呢？」蘇順文說著，用原子筆戳戳王迅手上的檔案夾。**「這個卻是眼前真實的東西。先把它牢牢抓住，再放心去打籃球，不是更好嗎？」**

王迅聽著這些話，沉默不語。

蘇順文確實說中了他面對的景況。

長遠的球員生涯不說，眼前王迅這份球隊合約就只有兩個球季。各家大學每年出產近千個籃球員畢業生和離校生，當中至少五分一，都具有加盟半職業球隊或以上的實力。王迅目前仍然是南曜隊的大後備，假如這兩年他無法在球隊中站穩陣腳，證明自己的價值，約滿後肯定會被更年輕的新人取代。

相反，這個企業員工職位，卻是個真正的保障。

蘇順文提醒了王迅：嚴酷的現實，比他想像中迫切得多。

王迅微微點個頭，示意「我聽明白了」，但卻沒有表示贊同還是反對。

他只是收斂心神，拿著檔案夾，專心尋找下一個型號的樣辦，到底藏在倉庫哪一角。

龍健一幾乎被自己的汗水滑倒。

「Stop！先暫停！」

負責訓練的熊季明急忙高叫，並且喚球僮趕快過來把地板抹乾。

趁著這空檔，龍健一回到場邊，喘著氣拿起毛巾，抹乾像被大雨淋過的身體。

他穿著白色的練球背心，跟白皙的皮膚配在一起，整個人顯得像透射著光芒。

遺傳自母親的膚色，加上一張俊臉，Ken常常予人脆弱而容易受傷的錯覺，甚至被一些網路媒體暱稱他作「混血貴公子」。

但是只要跟龍健一在籃底下交過手的人都知道：低估這個才剛滿廿歲的小子，是個多麼大的錯誤。

「還有多少球？」他問。

「73。」熊季明回答。

「那就快點完成吧！」龍健一笑著拋去毛巾，重新回到場裡，再次擺起準備接球的姿勢：「我可不想白白多付你錢。」

熊季明也微笑，再次向Ken傳球。另有一名助教負責拿著長棒，在Ken面前干擾他。

龍健一接到球，馬上作出標準的「三重威脅」（Triple-Threat）姿勢——雙手拿球保護，把重心降低，能夠隨時做出三種進攻選擇之一：原地出手投球、傳球或者運球切入。

從這個姿態，他進行熊季明規定的一連串假動作組合：舉起球佯作要投出（Pump Fake）；繼而探步（Jab Step）假裝從左邊切過去；迅速收步，真正跳投出手。

Ken一次又一次地重複這組動作。他的動態裡每個細節，都沒有逃過熊季明的法眼。只要一發現有需要改善之處，熊季明就馬上叫停作出矯正。

「剛才這球不行，你出手的時間點稍微慢了，力量就在這裡中斷……」熊季明親自示範動作上的差異。龍健一專心地觀察著。

所有最微小的細節，一一累積起來，到了關鍵時刻，就會成為勝負的分野。

這是熊季明的籃球信念。

這座3號訓練室雖然只得半邊球場，但極是明亮乾淨，簇新鋪設的楓木色地板紋理優美，籃球架和所有輔助設施都是最頂級的，一切的陳設讓人錯覺，這裡更像是寧靜的圖書館閱讀室。

而龍健一確實是在這裡「溫習」。

籃球每次離開他指尖，就帶著漂亮的旋轉，飛進籃框。

除了龍健一、兩名訓練師和球僮之外，室內還有兩個人：一個是負責貼身照顧龍健一的孫澈，他此刻坐在場邊板凳上，一邊喝著運動飲料，一邊看Ken的練習情況；另一個則是攝影師，不斷捕捉著Ken的投籃英姿，有時換上長鏡頭，近攝他被汗水濕透的臉。這輯精心拍攝的照片和短片，將會貼上社交媒體作宣傳之用。

孫澈坐著的身姿也不矮，因為他從前也是籃球員，多年前甚至還天天跟龍健一一起打球。

他看著Ken不停地重複鍛鍊。這組進攻動作其實很普通，多數小學籃球員早就掌握，孫澈他未夠十歲時就會這招。

可是在這裡練，跟一般的練習有個決定性的差別：有熊季明那雙眼睛監察著。

能夠發現最微細的技術問題，即時準確地給出改善矯正方針，而且教學完全能夠切合球員的身體特質和習性——這些就是「魔術師」熊季明的價值所在。

這家「XST籃球技能訓練學院」，每小時基本訓練收費1,500元，如果由院長熊季明親自授課則要收雙倍堂費。學院的顧客大約佔四成都是現役的「都球」職業球員，其餘則是家境富裕的中學生和大學生。Ken是這裡唯一一個「AAA聯賽」球員。

當然，他付得起。

龍健一繼續不斷地專心接球、做假動作然後跳投，出手後又向熊季明要下一球，好像永遠不想停下來。場邊不斷眨動快門的攝影機，從未令他分心看半眼。

熊季明嚴密地觀察著Ken每次的動作。在本地籃圈，熊季明可說是超級名人，許多人用「籃球教授」甚或「籃球魔術師」來稱呼他。

他自己當然清楚，這裡面其實沒有甚麼魔法。他的訓練哲學非常簡單：高質素的鍛鍊，即使只進行少量，遠勝過又多又長但是設計不佳的馬虎練習。**「把汗水流在對的地方」**，是熊季明的格言，也是「XST」的宣傳語句。

還有38球。熊季明繼續看著Ken那越來越精確的假動作與跳投，心裡不得不承認，自己最初亦有點低估了龍健一。

天賦超人的年輕球員，熊季明歷年來見得太多，他們佔了大半，都會在某個階段認為自己「已經打得夠好了」而停止進步。不少人最初來「XST」受訓時，態度都十分謙虛又充滿熱忱，但是很快就忍受不了不斷重複修正基本的苦悶，只上過幾課就不來了，然後到處說自己是熊季明的徒弟——他們想要的，不過是「我曾經是『XST』的學生」或者「我跟『都球』職業球星是同

學」這些虛榮。

龍健一跟那些人完全不一樣。他的中距離跳投本來已經非常不俗，但他要提升準繩和出手變化的決心非常堅決，在閱人無數的熊季明眼裡，這顆心絕對假裝不來。

如此渴求進步的態度，通常只會在具有一定年資的「Metro Ball」宿將身上才看得見——他們能夠長年留在最高水準的「都球」而沒被淘汰，這種心理特質就是決定因素。反之，甚少球員早在龍健一這種年紀，當身體仍然又快又強的時候，就願意作出這等努力與犧牲。

終於最後一球爽快地穿過了籃網。完成今天兩小時的特訓，龍健一跟熊季明互相擊個掌。孫澈也走過來跟Ken碰碰拳，把毛巾和飲料遞給他。

「我會把這個星期額外的體能訓練清單，用短訊傳給你。」熊季明說：「要全部做完啊。」

「我們甚麼時候開始練三分球？」龍健一抹著汗問。

「不用擔心，我們一定會走到那裡。」熊季明回答：「現在首要是修正你習慣了多年的跳投動作。這一步必定要先完成。」

將外線的有效射程延長到三分線，開發出新的進攻武器，是龍健一來「XST」特訓的最大目標，也是他目前最缺乏的一環。

Ken顯然非常信任熊季明，聽了這句話就點點頭，向這位全城最有名也最昂貴的籃球訓練師鞠躬道謝。

熊季明接著還要去隔壁的2號場館，指導兩名「Metro Ball」現役球星，也就匆匆離開去準備，只留下助教為龍健一做鍛鍊後的緩和（Cool Down）運動。

踏出門口之前，熊季明又回頭看了Ken一眼，卻始終沒有特別說甚麼話去激勵他。

身為頂尖的私人訓練師，熊季明當然詳細翻看過龍健一在南曜隊的比賽影片。他很清楚Ken目前遭遇著甚麼困境，但是無法加以評論。

——就算熊季明把龍健一的武器磨得再銳利，球隊本身的問題，他這個「魔術師」也無從施法……

孫澈查看著手提電腦的屏幕，直至確定攝影師拍到的畫面都滿意，才讓他收拾器材離去。等待Ken做完伸展操是很無聊的事，孫澈忍不住撿起籃球，做出各種胯下和背後的運球動作。雖然已經許久沒有正式鍛鍊，他的手法仍然純熟無比。

「還行嘛。」正在伸展大腿的龍健一，在旁看著孫澈運球：「要不要來一場1 On 1？」

「你知道這個場館每分鐘收費有多貴吧？」孫澈失笑：「何況我要是一個

不小心贏了，打擊到你的自信就不好啦。我可不想摔破自己的飯碗。」
「你癡呆症發作啦？我十三歲之後，你就沒贏過我！」Ken大笑著反擊。他這副開朗表情，跟在南曜隊裡表現的那種鬱悶，完全像兩個人。
孫澈跟龍健一在同一個貧民區裡出生長大，年紀比Ken大六歲。龍健一讀小學時，就有膽量去區內最熱鬧的「灰石球場」，挑戰孫澈那群比他年長強壯的球手，兩人因此結識。幾年之後孫澈離開了貧民區上大學，他們就沒再聯絡，想不到卻因為工作而重逢——孫澈正好在Ken簽約的經理人公司裡任職。
Ken完成緩和運動後，孫澈為他收拾隨身物品，準備陪他去淋浴。這時有人從訓練室正門走進來，是個戴著圓眼鏡、油亮的頭髮全往後梳的中年男子，身穿一眼就看得出非常昂貴的西裝，散著適度的古龍水香氣。
這個人正是孫澈的老闆、龍健一的經理人Simon莫世聞。
看見他，龍健一原來的輕鬆笑容不見了。
「Ken！」莫世聞呼叫著上前，拍拍龍健一的肩頭：「狀態很好啊！這就對了。不要被輸球那種小事情打擊到你！」
他的聲音很響亮，展現出非凡的自信。這是當然的——任何人手上如果掌握著廿幾個「都球」職業球員的合約，包括四個當今一線明星，自信都不會小到哪裡。

龍健一皺起眉頭：「輸球是小事情？」

「當然！」莫世聞笑著回答：「我不是跟你說過嗎？沒有人會關心『AAA』的比賽！」

「可是那些報導……」

「因為你是龍健一，才會有這麼多報導呀。」莫世聞笑著又輕輕擂了Ken胸膛一拳，繼續解釋說：「他們關注的不是南曜隊贏球或者輸球，而是你這個超級新星打成怎麼樣。所以我們根本不用擔心球隊的戰績。你只要打出一場好球——一場就夠——我在媒體和網路上的朋友就會為你炒熱話題，人氣馬上能夠一口氣翻盤！相信我！」

龍健一聽著，反應並未如莫世聞預期般興奮。只是瞧向孫澈。孫澈陪笑著，用力點頭支持老闆，跟Ken再次碰了碰拳。

「不過呢，你本來應該聽我的。當初按計劃參加『Metro Ball』選秀，就不會落到現在這種情況了……」莫世聞歎息。「可是當時你堅持要馬上拿到最多錢，我也沒理由阻止你呀。不要緊，你還是新人，沒有甚麼錯誤是無法修補的。可是下次一定要聽我的話呀。」

莫世聞是本地職業籃壇屈指可數的金牌經理人，這十幾年來，由他創立的「S&Y運動經紀公司」，管理培育過的「都球」全明星（All-Star）球員超過了五十人，許多球迷耳熟能詳的名將，背後都有他在操作。超級新人龍健一找上他來經營自己的職業生涯，籃壇上誰也不覺得意外。

但是合作關係才剛開始，龍健一就違逆了莫世聞的建議，堅持簽約「AAA」的南曜隊，收取了白曦樺那張銀碼可觀的支票。莫世聞一直對Ken這個不聽話的決定耿耿於懷。

龍健一此刻聽出，莫世聞話中似乎帶有深意。

「Simon，你說的『修補』是……」

「我跟律師正在研究你跟南曜電機的合約細節，應該找得到讓你提前跳出的方法。」莫世聞回答：「當然啦，就像剛才說，要先等你打出一場好球，這個才會進行。」

龍健一愕然，跟孫澈對望了一眼。

「可是球季才剛剛開始啊，不過打了五場，沒必要這麼著急……」龍健一說。

「AAA聯賽」十六支球隊，常規賽季每隊都會互相對賽兩次，也就是說總共打三十場球，由勝率最高的四隊進入季後賽爭逐冠軍。現在就斷定南曜隊沒有爭標前景，其實言之尚早。

「你還要在這種球隊裡浪費時間嗎？」莫世聞皺眉。「不用擔心，之後的事情我早就計劃好了。離隊之後我會先安排你去海外聯賽落腳。有了你在南曜電機的薪金作基準，他們付給你的錢不會少到哪裡。然後等下季『Metro Ball』，許多球隊一定會爭著要你。哈哈，這也算歪打正著，沒有參加選秀而擺了一年，反倒可以自由選擇加盟的球隊。我們挑一支強豪加入，兩、三年內拿到總冠軍，你將會是全個『Metro Ball』最紅的球星。到時我們就坐著數鈔票！」

「坐著數鈔票」是莫世聞的口頭禪，龍健一每次聽到就覺得煩厭——明明他要流汗苦練和上場作戰才把錢賺進來啊，坐著的那個是莫世聞。

莫世聞越說越興奮，搶過孫澈手上的籃球來拍。他完全不會打，運球的動作像個小學生。

「聽我的就好。」莫世聞再次強調，眼睛看著不斷從地板反彈上來的皮球。

「時間差不多了。」孫澈看看手機，提醒龍健一。

Ken跟經理人道別後就出去淋浴，心裡一直想著莫世聞那些說話。孫澈提著運動袋跟在他身後。

換穿了乾淨運動衣的龍健一，離開了「XST學院」，登上孫澈的四驅爬山車。孫澈將運動袋拋到後廂，坐上駕駛座。

龍健一畢竟還不是賺錢能力高強的「都球」明星，莫世聞沒有給他分配專屬司機，只由孫澈兼管接送工作。龍健一毫不介意，反而覺得車上只有自己和老朋友兩人還比較自在。

坐在助手席的龍健一打開餐盒，趁這個空檔進食補充。他吃的都是天然食品，餐單有營養師為他計算和設計。Ken才剛剛成為職業球員，卻已經有決心和計劃，要擁有持久健康的籃球生涯，賺到最多的錢。身體就是他最寶貴的資本。

兩人在車上沒有交談。孫澈很清楚，龍健一吃著飯時仍然在思考莫世聞剛才說的計劃，也就不打擾他。

——這小子，自小就比誰都成熟……

「澈哥。」龍健一吃完，在收拾餐盒時突然開口。只得兩人時，Ken仍然會用從前的稱呼來叫孫澈。**「有沒有想過，由你來當我的經理人？」**

孫澈聽見猛然瞪大眼睛，看看龍健一，確定他的表情是認真的。

當年孫澈靠著打籃球脫出貧民區，拿球員獎學金入讀了運動和學術水平都一級的東仁大學。但他很早就確定自己的籃球才能有限，身材又不夠壯，第二年毅然退隊專心學業，靠著好成績幸運考進了莫世聞的「S&Y」公司當見習生，用了四年時間才爬到現在這個助理職位——雖然說穿了，工作只是當球員的保姆。

「我沒有那樣的……」

「這幾年，你應該已經在公司裡學會了不少東西，為有天當上球員經理人而做好準備的吧？」龍健一打斷他：「我認識的澈哥，是個用腦袋打球的人。」

這些年孫澈確實在「S&Y」拚命吸收所有關於運動員經營的知識。本身主修市場學的他，工餘更特別去攻讀了兩個關於合約法律的課程。

「可是我沒有業界的人脈呀。」孫澈搖搖頭：「那才是關鍵。」

「以我對這個行業的理解，只要你手上擁有明星，人們自然就會靠過來。」龍健一說。**「你有我。」**

他把車窗降下，讓秋風迎面吹送，金色的短髮微微飄揚。

「我知道剛才你心裡很不同意Simon的說話，只因為他是老闆，你才不得不裝作認同罷了。」

孫澈神色有點尷尬：「你要明白，以我的位置，有些事情不能說自己的意見。即使我們是好朋友。」

「那你就當自己的老闆啊。」龍健一揮揮拳頭。**「我需要一個可以相信的人。我也需要一個相信我的人。」**

聽了這句話，孫澈有些激動。

可是要他就此放棄這條走了四年的路途，跳出公司獨自經營，也實在太過冒險……

龍健一看著孫澈露出苦惱的表情，不禁笑起來。

「我不是要你今天就答應我。你考慮一下。」他說時拍拍孫澈的手背：

「不過記著，這樣的機會，可能一生只有一次。」

餘下的路途，他們都沒有再談話。

終於到達了目的地。是聖美綜合病院，本市醫療技術最頂尖、收費也最高昂的私營醫院。

四驅車泊在醫院地下停車場一個隱秘的角落。龍健一戴起放在車上的棒球帽和墨鏡，從後座拿來孫澈預先為他買的鮮花，下了車往升降機走去。

孫澈等在車裡。難得有自己的休息時間，可是他並沒有笑容。

——當你的朋友正在醫院，探望他患了重病的母親時，任誰也很難高興起來。

這件事情很少人知道，也沒有被媒體報導過。

龍健一提早離開大學，並且執意要在最短時間裡拿取最豐厚的球酬，原因就只是這麼簡單：要救媽媽的生命。

十幾年來與他相依為命的母親。

不少球評人指責他，被重金所誘而投身次級聯賽，是短視、貪錢、愚蠢……龍健一卻從來沒有為自己辯解過半句。
孫澈最明白為甚麼。
像他們這種出身的人，就是不喜歡向人解釋。
你不了解我嗎？沒關係。
我才他媽的不在乎。

隔著不斷冒升的蒸氣，王迅看著衛菱狼吞虎嚥的模樣，吃驚得說不出話來。

——她比我還能吃嘛……

衛菱右手筷子把沾滿麻辣湯的薄牛肉片送進嘴巴，左手同時從銅鍋裡撈起花枝丸，吃得非常忙碌。她偶爾停手，就是為了研究粉紅色的點菜紙，看看還要加點些甚麼。

「滾滾來」麻辣鍋，以「每位150元任點吃到飽」作招徠，食材質素當然不怎麼樣，純粹靠低價吸引年輕人，成為本地非常受歡迎的連鎖吃店，至今在市內已經開了八家。

「一定要去吃自助餐！均一收費、吃到飽的店！」這是衛菱提出的晚飯要求。王迅一向不太講究吃，就只知道這家店，價錢也合乎他的預算。

王迅雖然是大公司南曜電機的正式社員，但畢竟是新人，即使另加一份球員津貼，仍然不算高薪，每個月的收入幾乎有一半都要用來繳付公寓租金，出外用餐當然不可以太奢侈。

——自從大學畢業搬離宿舍生活之後，王迅切身感受到，當上「大人」是一件多麼不容易的事情。

最初在手機的信息裡看見，衛菱堅持指定要去「吃到飽」的店，王迅還不知道原因；現在看見她這副吃相，他明白了：她說「請我吃飯」，就真的是為了吃飯。

衛菱馬上又加點了幾碟肉和蔬菜，把點菜紙遞給經過的侍應生。王迅以不可思議的眼神看著她。

「我臉上沾了醬汁嗎？」衛菱急忙拿紙巾擦擦嘴唇。

「沒有。」王迅搖頭，轉過去看放在餐桌上的手機。

昨天南曜隊與金河酒業比賽的影片，已經透過USB傳送完成。王迅把隨身碟拔下還給衛菱，馬上就打開存到手機裡的影片觀看。

這支比賽影片衛菱已經剪輯過，砍去暫停時段、罰球等等部分，以盡量節省教練和球員的觀看時間。從前讀書時，她對於電腦影片剪接一竅不通，到了南曜隊工作這兩年早已練成快刀高手。

屏幕上出現的，是剛剛第一節上場的方宙航。王迅目不轉睛地看著。

方宙航散開一頭凌亂捲髮，好像才剛睡醒一樣，表情一貫地懶洋洋。但只要他一接近，防守者就會明顯變得緊張。籃球在他雙手間有節奏地來回彈動。他一個晃身，就從那後衛猜錯的一邊越過去，簡單得像走在自己家裡。

塞在禁區籃下的是金河酒業的正選中鋒，高大的外援洋將根特利，他反應已經不算慢，迅速上來補位，高舉雙手全力封鎖方宙航的投籃視線，寧可迫使方宙航傳球。

這本來是很正確的選擇，但是沒有用。方宙航就如有預知能力，根特利還在他面前兩呎外，他已經搶先順著跑勢拔跳，以Tear Drop式的拋投出手。籃球循著高高拋物線，越過根特利的指尖，準確穿過了籃網，展現出高超無比的球感。

這是最典型的方宙航式突入強攻。負責防守他的金河隊員，在電視裡大概已經見過名將方宙航這樣進攻不下數百次，還是無法避免被他輕鬆晃過。

——而其實現在的他，速度早就不比從前……

王迅想：當今「AAA聯賽」裡，恐怕沒有任何人能夠單獨擋住方宙航。

即使昨晚才在現場目睹過，此刻王迅還是被重播吸引，繼續看著小小手機屏幕裡的方宙航投進一記三分球，接著又做了另一次爽快的切入得分。一直過了七、八分鐘，王迅才想起自己在飯桌前只顧看手機太失禮，才急忙關機收起來。

衛菱卻毫不介意，自顧自已經幹掉另一碟牛肉片。畢竟還是女生，她也自覺吃相有點過分，反過來朝王迅做了個抱歉的手勢。

「對不起……可是我幾乎整整一年沒來吃這種店了。」

衛菱的相貌英氣而清秀，即使一邊嘴嚼一邊說話，卻沒予人粗魯的感覺。

王迅最初入隊時就想，一個這副長相的訓練員，必定早已是某球員的女朋友了吧？但幾個月來他卻沒發覺她跟誰特別親近，這令他很意外。

「一年沒有來？」王迅好奇問。

「吃不起呀。」衛菱喝下一大口酸梅汁才回答。

王迅指指店裡到處都貼著的「$150」標誌。

「真的。」衛菱放下筷子，直視王迅歎息：「你不知道嗎？我的薪金，只有你一半。」

她拿起放在身旁椅子上的藍色鴨舌帽，向王迅揮了揮：「你以為我真的喜歡天天都穿運動裝嗎？是公司免費配給的呀。是公司拍完某個產品廣告之後，模特兒穿過的剩餘物資。哈哈，幸好我個頭不小，剛好合穿。」

王迅愕然。他這時才明白，衛菱為甚麼藉著比賽影片要他請吃飯。

——想起來，我對這位球隊同事的認識其實十分少……

「你哪家大學畢業？」王迅問。

「德蘭學院。」

「是很好的學校呀！」王迅瞪著雙眼：「絕對可以找更……」

「更高薪的工作，是嗎？」衛菱沒好氣地笑，顯然已經回答過這問題無數次。

「……你是為了籃球。」王迅稍微想了想，就知道答案。

衛菱點頭。

「我也曾經是籃球員。」

她開始向王迅透露自己的過去。

高中時代的衛菱是個籃球健將，司職控球後衛，靠著球場上的表現獲得推薦入讀大學名校德蘭學院；很不幸她在新人年就受了重傷，左膝前十字韌帶撕裂。因為養傷的真空期，她在球隊裡的位置不久就被別人取代了。

「老實說，就算沒有受那個傷，我也不是正選的材料。」衛菱苦笑：「何況就算當上先發球員又怎樣？在這城市裡，女子籃球本來就沒有甚麼前途。」

別說是「都球」級數的職業聯盟，本地女籃連企業贊助的半職業聯賽也沒有，資源和出路跟男籃完全沒法相比。只有極出色的少數女球員，能夠到海外的聯賽打球為生。

「養傷的那段時期，我在球隊裡扮演旁觀者，卻也因此漸漸發現，自己對於籃球的理解和觀察能力，超過隊裡的所有人。雖然當不上場裡的球員，我還是可以在場邊找到屬於自己的角色。」

「你想……當教練嗎？」王迅有點吃驚。

衛菱很認真地點頭。

她的決心非常大，甚至為此在大學第二年毅然轉讀運動科學，預早為打入職業籃球世界作準備。

從德蘭學院畢業後，她本來可以有很多出路，卻只願意找與籃球隊相關的工作，結果受僱為南曜電機的訓練員。入職後她才知道「訓練員」只是名義，實際的主要工作是負責球隊大部分雜務：球員衣服裝備、對外人事聯絡、無數申請和報銷文件、訓練場的保養維修……甚至連外援梅耶斯生活上的各樣瑣事，她也常常要幫忙。

兩年間，衛菱忍受著每天繁瑣而漫長的工作，與及一份與付出完全不成正比的微薄薪金。

一切，都是為了夢想。

「我要成為『Metro Ball』歷史上第一個女教練。」

衛菱說出口之後有點懊悔。這樣的目標，任何稍微熟悉籃壇的人聽了，都知道實在太遙遠。

遙遠得像個笑話。

但是王迅沒有笑，只是默默點了點頭。

他看著桌上那一隻隻空碟。這麼廉價的吃到飽麻辣鍋，對衛菱來說卻已經是奢侈的享受。王迅回想自己近日對球隊狀況的種種不滿，還有上班工作時的煩厭心情，覺得很慚愧。

——這世上很多人都在努力。不要以為只有你自己一個。

衛菱終於吃得差不多了，兩人沉默對坐著喝飲料。

她掏出手機打開，播放的同樣是昨天那場敗戰的影片。她把屏幕朝著王迅搖了搖，帶點不好意思地笑起來。她早就把影片放進手機，其實用網路傳給王迅就行，今天只是借故要他請吃飯。

王迅倒是不太介意。

「對了。」衛菱說：「我在南曜隊工作這麼久，你是第二個會主動問我拿比賽影片看的人呢。」

「第一個是誰？」

「葉山虎。」

王迅頗感意外。這跟那男人的輕浮形象，有很大的落差。

就像剛才王迅一樣，衛菱也不自覺入神地看著手機裡的球賽。王迅瞧她這副模樣，心裡疑惑。

——她自稱有當教練的才能……是真的嗎？

這個世界很殘酷。有夢想，並不代表你就是那塊料。很遺憾的是，有的人就是在白費光陰，又或者只享受追夢的光環，從來沒有客觀檢視過自己的能力。

王迅自己就一直在努力追夢，對此深有體會。

衛菱剛才說，自己對籃球的觀察，超過大學隊裡的所有人。「所有人」也包括她的教練嗎？王迅記得，德蘭學院的主教練朱冬美，是叱咤女子籃壇十幾年的名帥。假如衛菱覺得自己比她還厲害，那可是非常不得了的自信。

他不會因為一張可愛的臉，就完全相信她的說話。

「你要當『Metro Ball』教練，眼前就有一條捷徑啊。」王迅說：「只要你在南曜隊裡升了職；而我們又真的贏到『AAA』冠軍，晉升上『Metro Ball』，你就直接闖進去了。」

衛菱的視線離開屏幕，向王迅點點頭。看來這個捷徑她也早就想到。

「那麼……」王迅試探著問：「你有甚麼方法改善南曜的戰績？」

衛菱雙眼彎起來，慢慢露出牙齒——這個笑容就像在說：終於有人問我這個問題啦！

她從隨身背囊裡拿出平板電腦，打開自己做的筆記，遞給王迅看。

「我的構想都在這裡。」

王迅看見的，是一張經過衛菱修改的南曜隊上場陣容次序。他看了第一眼，就訝異得張大嘴巴。

下面還有幾段簡短文字，講解這個調動的戰略設定。筆記上方一角則用手寫筆畫下了大大的紅色字母：

RUN!

「由我……打正選？」王迅指著平板失笑：「你是因為要我請吃飯，才故意寫上去逗我的吧？」

「當然不是。」衛菱神色堅定地說：「你以為昨晚的垃圾時間，我為甚麼要一直留意你？」她指指平板上的筆記。「這個陣容，我兩星期之前就構想好。」

「可是你應該知道，實行這個陣容的機會，是零。」王迅皺眉。「康明斯不會批准的。」

「所以你先要讓我升職，得到更多權力。」衛菱托著腮問：「有沒有甚麼妙計？」

「唔……」王迅抓抓下巴：「也許可以試試，在教練喝的水裡下毒。」

衛菱隔著已經熄掉火的麻辣鍋，伸手一拳擂在王迅肩頭。

王迅吃痛，撫摸著被打的部位：「手伸得這麼長……果然曾經是籃球員。」

衛菱大笑，然後想：已經很久沒像這樣，一晚裡笑這麼多次了。

經過兩年，衛菱第一次感覺到，自己在球隊裡找到了夥伴。

王迅低頭繼續閱讀她寫的戰術筆記，表情變得嚴肅。

——這個構想……太棒了……

他一邊看，心裡一邊在想，有甚麼方法能夠把它在球隊裡推行。

——確實非常困難。

可是從來沒有人說過，夢想是容易的。

第三章

Chapter 3

改變
CHANGE

1

隔天清早，王迅揹著大運動袋，手裡拿著上班用的西裝，從地鐵車站急急跑往訓練場。

他走著同時焦急地在褲袋裡翻找鑰匙。可是走到距離正門還有十幾呎時，他訝異地停下來了。

訓練場的那道殘舊大鐵門，早就被人打開了，裡面透著燈光，還傳出節拍強勁的音樂。

王迅呆住了，看看腕上的「FireBand」手帶確認一下。

時鐘顯示是06:22 A.M.。

除了他，南曜隊從來沒有別人會在這種時刻過來練球。

——每個星期有兩、三天，王迅都會特意提早起床，趁著上班前獨自來做晨練。為此他向衛菱討了一把訓練場的鑰匙。

王迅放輕腳步走近鐵門，探頭進內看看。

裡面只有半邊球場亮著燈光。一個孤獨的身影，站在陳舊的木地板上，一記接一記地在練罰球。場邊板凳放著一部南曜電機出品的防水揚聲器，播放著粗獷暴烈的rap歌曲。

葉山虎頭髮束著汗巾，戴著一副運動護目鏡，仰起頭瞧向籃框，神情很是專注。他每次投出罰球之前，都像進行儀式般把籃球往地板拍三下，鬆一鬆肩膀，用力吐一口氣，然後才舉臂出手。那投球動作不太標準，甚至可以說有點難看，但卻每次都保持一致。籃球接連地穿過繩網。

他臉上和頸背上都沾滿了汗，看來已經獨自鍛鍊了好一段時間，現在把練罰球當作休息。

王迅在清晨天未全亮時，就乘坐地鐵來到本區，再由車站跑步過來，本來很心急想要盡量爭取練習時間，但他現在卻只是靜靜躲在門後，觀察著葉山虎的背影。

他回想昨晚衛菱說過：葉山虎平時都會主動要求拿比賽影片看。

王迅希望再多了解：這位葉山隊長，到底是個怎樣的男人？

葉山虎投完三十球之後，感覺休息足夠了，又在場上張腿低身，做著防守橫移步的練習。移動之間，他的雙手上下揮舞，努力干擾著想像中的對手，不斷從鼻孔和嘴巴呼氣。這防守動作就跟剛才投籃一樣，半點也不好看，連同這種無意義的呼息聲，讓人感覺帶著許多多餘的消耗；但是那股活躍的熱力，的確能夠令對手感到非常討厭難纏。

他根本不在乎打球姿態好不好看，別人會不會譏笑他，更沒有顧慮下一分鐘自己會不會累倒。

他心裡想的，只有每一秒全力阻止對手。

先前葉山虎的腳受了傷，休養了好一段時期，王迅入隊以來還沒有跟他一起練過球，要到前晚在更衣室才第一次與他見面。當然，王迅對他並非一無所知——葉山虎是城中名人，王迅早就聽聞過外界不少關於他的評價。

多數的說法是：葉山虎打籃球，只為了掛個運動員身分，好幫助自己的時裝和演藝事業。據說南曜隊給他的薪酬非常少，彼此只是在宣傳上互相利用。葉山虎確實曾經為南曜電機拍過不少平面廣告，人們猜測他都只收取「友情價」，換來這個隊長的位置。

但是現在王迅眼前這個苦練中的球員，跟那些傳聞裡的形象，完全不符合。

葉山虎剛傷癒的左膝蓋，還戴著附有補強鈦金屬的厚厚護膝。不過從他橫移的速度看來，已經沒甚麼大礙了。

「還等甚麼？進來吧！」

葉山虎仍然背著大門在練步法，頭也不回地突然呼叫。

原來他一早就察覺王迅躲在門外。

王迅搔搔辮髮，硬著頭皮走進去。

「以為我看不見你嗎？」葉山虎停下練習，轉身面向王迅，敲敲自己那副淡茶色鏡片的護目鏡：「我戴著Scouter呀！」
王迅愕然，聽不明白他在說甚麼。
葉山虎左手食指按著太陽穴，透過鏡片盯住王迅，嘴巴模仿電子音發出「嘟嘟」聲：「嘟嘟嘟……我看見了，你這傢伙的戰鬥力有……9000！」
王迅揹著運動袋呆在原地，不知道應該怎麼回應。
看見這個新人對自己的玩笑毫無反應，葉山虎失望地把眼鏡拉到額上。
「甚麼？你沒看過《龍珠》嗎？」他誇張地仰天高叫：「天呀！代溝啊……」
王迅沒想過，這位在雜誌封面和地鐵海報裡酷到頂點的當紅模特兒，真人竟是這副德性。本身就很孩子氣的王迅，感覺遇上了強勁對手……
「算了，你快準備吧！」葉山虎搓著手掌：「終於不用自己一個人對空氣練球啦！」
王迅早上起床後已經做了一點伸展操，又從附近車站跑過來訓練場，已經不必再做暖身運動。他把外套和跑鞋脫掉，換上了最近喜歡的Kyrie籃球鞋。
葉山虎則趁著這空檔，把連接揚聲器的手機音樂，轉換成自己最喜歡的幫派rap名曲。
王迅一走進球場，葉山虎就運球向他接近。

「讓我看看你前晚那種防守。」葉山虎說著壓低了姿勢，準備帶球強攻。

王迅聽了這句話，一下子激起鬥心，不敢怠慢，馬上張大腳步展開長臂，迎向攻過來的隊長。

揚聲器播放出粗糙沙啞的陳舊功夫片對白sample：

Do you think your Wu-Tang sword can defeat me?

En garde! I'll let you try my Wu-Tang style!

葉山虎毫無花巧，加速直接向右衝。

相比平日王迅經常想像的對手方宙航，葉山虎這個帶球攻擊的速度慢了太多。王迅邁出左足橫移，輕鬆就封住他的去路。

葉山虎卻毫無退意，側身護球用左肩開路，猛力撞在王迅胸口上！

王迅沒料到一開始練習就這麼激烈，他的身材雖然比葉山虎高壯，年紀更輕一大截，但被這麼一撞也不是說笑。葉山虎的肩頭硬得像鋼鐵，王迅雖然抵受得住，但整個人一震，動作就停頓了下來。

——這種身體接觸已經超過了進攻犯規（註1）的界線，假如是正式比賽，十次有七、八次都會判葉山虎帶球撞人。

趁著王迅被「定身」，葉山虎用力拍球，往後拉一大步，緊接快速換手運球，改切向左邊。

——這小子大概連呼吸都被撞亂了，一定追不及！

王迅卻很習慣這種肢體碰撞的打法，他及時重新調整，一邊後退，一邊用交錯步側移，仍然攔住葉山虎通向籃框的路。

——明明被撞得不輕，卻仍然能夠快速做出這種複雜移步，維持著身體平衡之餘，還能繼續擴張上身去防禦。這展示出王迅的腳力跟軀幹核心都非常強。

遇上這麼耐撞又活力十足的練習對手，葉山虎顯得格外興奮，笑著再向王迅猛襲。王迅繼續半步不讓。兩人身體接連相碰，乍看起來簡直就像在打架。

I'm kickin' like Seagal, Out For Justice
The roughness, yes, the rudeness, ruckus
Redrum, I verbally assault with the tongue
Murder one, my style shot ya knot like a stun-gun

---

① **進攻犯規**（Offensive Foul），在進攻時侵犯對手。犯規方式有多種，比較常見的包括帶球撞人（Charging）、非法單擋（Illegal Screen，在做單擋時有身體移動造成額外的阻擋）；各種犯規的推撞打擊之類身體接觸等。

葉山虎其實並不太擅長運球單打，平日在南曜隊裡他主力防守，生涯平均得分只得5.8，進攻手段大多是無球切入（註2），靠隊友（特別是老拍檔關星陽）餵球，在比賽中帶球衝刺往往只需要一、兩步。現在這樣單挑，在王迅的強硬防守下，葉山虎的運球頗見吃力，幾次都險些丟失球。

——這傢伙……

終於有一次葉山虎的動作被王迅預測到，在做左右手交替拍球時，王迅伸出手掌隔在中間，指尖把球撥走了。

籃球往一邊滾去。王迅站的位置略有優勢，起步衝過去撈球，卻發現葉山虎用左手撐著地，整個人不顧一切地飛身撲向失球！

簡直就像在打總決賽關鍵一球那麼拚命。

這就是葉山虎在球場上的生存之道。

王迅毫不退讓，也朝著滾球撲過去。

兩個皮膚黝黑的男人，在地板上撞成一團。

最終抱住籃球站起來的是王迅。他緊皺眉頭，搓揉著疼痛的頸項。

葉山虎則像野獸般從地上彈起來。他抹去鼻上汗水，蹲開大步，雙手猛力拍擊球場地板，一副很不甘心的模樣。

「好！來吧！換我防守！」茶色護目鏡片底下，葉山虎雙眼透著銳光。

這次輪到王迅運球進攻。

他在大學最後第四年，平均得分只有6.1（正選隊員裡得分最少的一人），而且有一半分數都是來自快攻，並沒有特別展現出甚麼攻擊才能。

可是此刻王迅運起球來，技巧卻十分純熟，拍球和腳步的協調能力，顯然比葉山虎好太多。

他從進入高中開始就轉為防守型球員，這些年極少在比賽裡做這種單騎進攻。但是此際他的心情已經被剛才的激烈對碰燃燒起來，渾身帶著殺氣，朝葉山虎猛衝過去。

這股氣勢，竟然有幾分像方宙航。

My Wu-Tang slang is mad fxxkin' dangerous
And more deadly than the stroke of an axe
Choppin' through ya back
Givin' bystanders heart-attacks

② **無球切入**（Off -Ball Cut，或簡稱 Cut），也稱為空手切入，進攻時沒有持球的球員，利用跑動擺脫防守者，在有利的空位接應隊友的傳球而得分。

葉山虎看見王迅這姿態，有點意外。

——還以為他沒有這種進攻意志……

葉山虎朝王迅主動迎過去，他的防守半點也不被動，反而像在進攻，不止是要阻斷路線，還積極地黏搭、干擾著對方；肢體的緊貼程度，不斷踩在犯規的界線上，還頻密地伸手去抄截，每一刻都想破壞王迅的運球，移動之間更不斷發出重濁的呼息。

這樣的防守，讓人覺得好像很艱苦很難看。但葉山虎從來沒打算讓人欣賞。

而是要盡量給予對手最大的壓力。

王迅第一次遇到這麼討厭的防守。兩人緊貼時，葉山虎還不時用手掌按他的肩背、腰身或大腿。那推按動作不大，而且都在近距離，就算是正式比賽裡，裁判也不容易看見，卻令王迅感覺像被困在泥漿裡。

王迅也不客氣，運球時用空出的另一隻手不斷撥開葉山虎推過來的手掌，以製造脫身的空間。

兩人就像在打摔跤比賽一樣。王迅逐少一點一點地向籃框接近。葉山虎的動作亦隨之越來越粗野。

So bring it on!

So bring it on!

王迅的體能狀態畢竟稍勝葉山虎，而且防守的消耗比進攻多，葉山虎無法維持這種單人嚴防太久，終於一次抄球失敗，他的身體延伸得太長，王迅就從他暴露的右側空隙切過了。

突然擺脫了猶如膠帶黏貼般的防守，四周出現了難得空間，王迅跨腿猛衝了兩步，馬上用力一拍球收起，居前的左腳急蹬，整個人突然變向，往右後方撤退一大步，跟葉山虎拉開一大片距離。他雙足猶如彈簧般跳躍，仰身在高點出手投球。

這記幅度甚大的Step-Back後撤步跳投（註3），整體的動作協調異常漂亮。籃球劃出一道優美的高拋物線，飛向籃框。

但是最終的落下點還是稍稍偏遠了，球碰在鐵框上，高高彈起。

葉山虎全力飛跳，單手撈住空中球，另一隻手緊接拍上去牢牢夾住，發出

---

③ **後撤步跳投**（Step-Back Jumper），是在運球進攻的時候，收球同時向後方做一個跳步，緊接出手跳投。通常都會結合運球切入的假動作來使用。後撤步的好處，是與防守者拉開距離，令對方難以封阻你的投球；不好處則是因為加入後跳動作，命中比一般原地跳投困難。後撤步的步幅越大，對方就越難追上來防禦，但相對投球亦越不容易。由於這招變化很多，成為現在不少ＮＢＡ射手的絕招。

一記響亮的聲音。

他著地後大力搖頭高叫。

「No No No！這是甚麼狗屎投籃？」葉山虎走到王迅身前，擂了他胸膛一拳：「剛才抓到這種機會，為甚麼不直接上籃？怕被犯規嗎？你罰球很差勁嗎？」

「在大學有77%……」

「那不就沒問題了？」葉山虎怪叫：「不要逃避！現在就害怕籃下的世界，你永遠不會衝進去！」

「是。」王迅點頭受教。

兩人到場邊喝水休息。雖然只是互相練習對攻各一次，但每次其實都持續了三分鐘以上（遠遠超過正常的24秒進攻時限），這樣單對單的高強度對抗，短時間但不停爆發，體能消耗絕對不低。

剛才那幾分鐘，王迅感覺就如身在戰場。進入南曜隊幾個月來，他從沒嘗過這種練習強度，心裡大感興奮。

入隊前王迅最期待的本來是跟方宙航練球，卻想不到現實裡的偶像令他極端失望；如今帶給他最大鍛鍊滿足感的，反倒是這個他一直以為只是「明星兼職球員」的葉山隊長。

方宙航跟葉山虎，差別是多麼極端：一個依賴殘存的高超天賦，在球隊裡混日子；一個無甚打球才能，卻拚上血汗和意志，死命抓住上場的機會。

而葉山虎其實根本沒必要打球。他不必選擇在天未亮時就爬起床，跑來這個充滿汗臭和霉味的倉庫球場猛練；不用忍耐每次意外受傷和復健的痛苦；也不需要冒上再度受傷的危險。

這些打籃球的時間和精力，他本可以用來跟女明星和模特兒廝混；在遊艇派對裡滑水游泳曬太陽；在最高級豪華的夜店裡麻醉狂歡……

葉山虎這個隊長地位，貨真價實。

兩人並肩坐在板凳上。葉山虎一邊用手機挑選下首音樂，一邊笑著說：「你知道當隊長有甚麼最大的好處嗎？就是可以決定練習時放甚麼音樂，誰也不敢反對！」

王迅看著他，不禁回想昨晚跟衛菱討論的球隊事情，還有她構想的那個改革陣容。

「隊長，你覺得……我們球隊有甚麼方法變強嗎？」

「我回來之後就會變強。」葉山虎咧開嘴巴，露出潔白的牙齒。

王迅搖搖頭，忍不住大笑。他開始喜歡這傢伙的笑話。

葉山虎收起笑容，表情恢復嚴肅。他把護目鏡脱下來，撫摸著右眼。

人們以為他戴這副眼鏡打球，又是刻意耍帥的潮流造型，其實他曾經在球場上撞至眼窩骨折，幾乎右眼失明，那淡茶色鏡片不是為了好看，而是為了緩和球場的燈光，讓神經受過損傷的眼睛舒服一些。

即使受過這麼嚴重的傷害，也從未令他害怕，而去改變自己強悍的球風。

「好吧，我說認真……」他撫摸著下巴鬍鬚：「前天我在現場看比賽時，已經確定了我們最大的問題在哪裡。」

「是甚麼……？」

「太害怕輸。」葉山虎說：「或者應該說，**每個人都害怕因為自己而輸球。因此遇上不順利時，誰也不敢作出改變。**」

王迅聽著覺得很有道理，葉山虎確實說中了他對這支球隊的感覺。

——只有方宙航一個例外吧。他不害怕輸。但是他也不在乎。

葉山虎雖然沒有直言，但是王迅想，他說的「每個人」，應該也包括康明斯教練在內。

——甚至可以說，康明斯就是出了最大問題的那個人。

王迅心裡猶豫：是不是應該將衛菱的改革方案告訴葉山虎？……

「你回來之後，能夠改變這一點嗎？」王迅問。

葉山虎聳聳肩：「我也不知道啊。小子，你要明白，球隊是一群人。有些東西是要自然而然地出現的，不是一個人的意志，就能夠把一支球隊搓成圓球或者方塊。尤其像你這樣的新人，為這事情操心也沒用。交給我們老鳥吧。」

王迅心裡可不同意這個說法。誰都不管的話，結果又怎會有改變？

——新人反正都會被罵，反倒沒甚麼包袱啊……

雖然這麼想，王迅並沒說出口。

「對了。」葉山虎看著他又說：「你以前曾經是得分主力嗎？」

王迅被這一問，有點愕然。

「剛才那記狗屎跳投雖然沒進籃，不過你的動作和出手角度都蠻漂亮的。」葉山虎在空氣中做了個投籃摔腕的動作。「這個步幅的後撤步跳投，動作不簡單，沒有練過一定日子，在實際對抗裡是不可能瞬間做得出來的。而且我看你剛才是感覺有把握，沒多考慮就自然出手，以前一定曾經這樣打吧？」

葉山虎說中了事實。

王迅在小學和初中時，確實是球隊的得分手，初中三年級場均有超過14分，效能非常不錯。可是上了高中之後，球隊的內線攻擊力很強，王迅的出手機會大大減少，反而因為動作比其他人靈活，體能又格外好，被校隊教練培養成外線防守為主的工兵球員。

由於在高中的防守表現出色，王迅獲推薦入讀明城商大，入學後當然也是擔當相近的角色。七年下來，王迅的打球風格被球隊和教練定型了，小時候的得分潛質，好像都變成了回憶。

葉山虎經過剛才短短交手，就看出他這個背景，籃球眼光非常不簡單。

「你的問題也跟球隊的問題一樣啊。」葉山虎說：「身為新人，不要害怕冒險。不要因為某種打球方式比較有把握，就限制了自己不敢去改變。」

王迅聽著葉山隊長的建議，覺得簡直說到了他心坎裡。

他並不討厭防守，相反還非常喜歡。一次成功的防守，感覺就像為全隊完成了一件事，特別有滿足感。

但是這些年，為了配合球隊，王迅的籃球生涯總是感覺不完整，好像在壓抑著某個自己。

做一個為球隊犧牲、對教練言聽計從的球員，當然沒甚麼不好；但是那一定永遠都對嗎？會不會抹殺了自己更多的可能？

就像他明明喜歡畫畫，喜歡創造屬於自己的東西，可是工作上做的卻完全是另一回事……

——我應該更主動跳出別人的期待嗎？

這時王迅的胸口又被擂了一拳。他吃痛撫摸著，嘴巴發出「噓噓……」聲，心裡想怎麼最近好像常常被人打。

葉山虎重新戴上護目鏡，用毛巾抹抹手上的汗，然後站起來。
「來吧！趁著可憐的上班族要回辦公室報到之前，再練一個回合！」

跟預期很不一樣：隊長葉山虎回歸之後，南曜電機隊反而陷入了更深的困境。

他們在一個月之內遭逢三連敗：

vs. KDI會社 78–95

vs. 雷氏藥業 82–90

vs. 光榮出版 73–81

這三支對手，只有KDI是有望打進「AAA」季後賽四強的熱門球隊，其餘兩隊的實力只屬聯賽中游。

KDI遊戲會社，是本地最大型的電腦遊戲製作及發行商，跟正在贊助南曜隊的Realer遊戲公司，是直接的商業勁敵。南曜以17分大差距慘敗給KDI，令白曦樺非常氣憤，她擔心這場敗仗，會引起Realer老闆林霄不快，影響南曜電機與Realer今後的業務合作。

那場比賽一結束，白曦樺再次打電話給康明斯教練，當然又是狠狠地訓斥了他一頓。

不過她似乎想得太多。林霄對於南曜輸給KDI，並沒有甚麼特別反應，

Realer仍繼續如常支付贊助費，投入的宣傳資源亦沒有減少。而林霄更從來沒有提出過要干預球隊的營運。

之後輸的兩場，康明斯已經沒有再接到白曦樺的電話了。也許她已經下定決心要撤換教練，所以懶得再罵？康明斯不清楚。他只知道暫時耳根清靜了不少。

剛剛歸隊的葉山虎畢竟久疏戰陣，體能狀態還沒有完全恢復到最佳水準，每場的實際貢獻並不多；但是他的拚勁和熱情，令南曜隊的防守硬度提升了不少。

南曜的真正毛病，是攻擊太過呆滯。

方宙航每次上場那十幾分鐘，攻擊力依舊銳利如戰刀，但是他只是純粹靠個人能力單騎砍分，隊友就像觀眾站在一旁看他打，根本沒法帶動整隊的進攻。

而每當方宙航體力耗盡要退場之後，南曜隊唯一的穩健得分點，就只剩下龍健一。這經常都被敵隊看穿，頻密用二人包夾防守去招呼Ken。

龍健一被稱為「全能新人」，不只是個人得分能力厲害，也因為他從高中到大學都以成熟的傳球技巧而聞名。每當Ken一個人吸引兩名對手包夾，應該是他為隊友助攻的良機；然而南曜隊的半場陣地戰很呆滯，隊員完全欠缺積極和機動，就好像一池死水，除了關星陽的外線三分球之外，其他人都無法接應龍健一去搶分。

結果Ken經常沒得選擇，只好在夾擊之間強行進攻。他靠著這段日子在「XST學院」接受過的跳投強化特訓，即使被雙人緊盯，硬攻仍然能屢屢奏效，這三場球，龍健一取下了18、20和21分。

問題是這種單人強攻並非高效率的得分方法，令龍健一的體力消耗甚大；於是每到了連他也必須換下場的時段，南曜隊的攻擊就會完全熄火，對手總是趁這個時機拉開分數。

一個數據非常令人沮喪：南曜隊這三場球加起來，快攻成功竟然只有5次！這反映了球隊的節奏和合作性出了多大問題。

由於葉山虎回歸，陳競羽降回了後備陣容。他雖然心有不甘，但事實上因為卸除了擔任正選的壓力，反而打得比先前更好，對雷氏藥業那一場，在短短的上場時間裡更拿到14分。

除了陳競羽之外，南曜隊的一眾板凳球員都無甚表現。後備控球後衛郭佑達空有速度和運球技術，卻仍舊打得畏首畏尾。其他人更是乏善可陳。

至於王迅，這三場球加起來的上陣不夠7分鐘，而且全部都是在勝負已定、南曜隊不可能翻盤時才被派上場，填塞剩下的垃圾時間。

王迅一直都不明白：康明斯教練為甚麼不肯用他？

後來在吃飯閒談時衛菱才私下對他透露：老教練一向的原則，是不會給新人太多上場機會。這個做法從康明斯執教大學的年代就開始，他麾下從來沒有一年級新生擔任過第六人（註4），更遑論先發。

「那麼Ken呢？他也是新人啊，為甚麼又可以當正選？」王迅不服氣反問。

「教練是被迫破例的。白總裁對他親自下了命令呀。」

王迅想起老闆白曦樺。的確只有她能夠凌駕這頑固的老頭。

衛菱又解釋：「教練認為，不可以太輕易給年輕球員上陣，他說這樣會令他們錯覺，人生裡甚麼東西都很容易得到。」

王迅反駁：「可是這麼做很不公平啊！這種哲學，在高中或者四年大學裡用來教學生也許還適合；換在我們這種商業球隊，你不覺得很荒謬嗎？像我這樣的新人，就連明年能不能留在球隊都不知道！我馬上就需要證明自己的機會啊！」

「教練一定會答你……」衛菱攤攤手：「『**人生就是不公平的。**』我常常聽見他這麼說。」

王迅的苦悶達到頂點。可是他也無法做些甚麼，只好繼續忍受這種朝夕上

---

④ **第六人**（Sixth Man），是球隊的板凳後備球員裡最常被派上場的一位，實力往往不下於正選，而且通常具有兼打不同位置的能力，讓球隊的人手調動更有彈性。不少球隊都會把一名得分好手配置為第六人，讓他在正選球員休息時肩負起進攻任務，又或者隨時調上場與正選搭配，成為搶分的奇兵。

班和練球、比賽卻無法上場的日子。

這幾場球他都只踏足球場兩分鐘左右，其實沒必要急著看影片；但王迅還是繼續拿這個藉口，請衛菱吃了幾頓飯，主要都是為了有個人能夠跟自己談籃球。

他們一直討論著衛菱那個改革南曜隊的計劃。一個月間，在不同的吃店裡，衛菱的戰術筆記又增加了十幾頁。

在南曜隊工作兩年多，衛菱從來沒有一個可以坦誠商量的夥伴；現在每次跟王迅談話，令她越發深信自己的構思可行。因此衛菱經常都在期待王迅的邀約——當然，能夠不花錢吃個飽，也是一大原因。

●　●　●　◉　●

南曜電機輸給光榮出版的隔晚，他們兩個又去了「滾滾來」吃麻辣鍋。這好像已經變成輸球後的儀式。

在冒著蒸氣的沸鍋跟前，王迅低頭在看手機。

裡面播放著一個叫《飛天灌籃》的YouTube頻道。影片把夏天的南曜電機新人發佈會裡，林霄說過那番豪語剪輯了出來，加上嘲諷的卡通字體特效，連續播了三次。

「『Metro Ball』總冠軍！三年之內！」

畫面將林霄的三隻手指放得很大，以增加惡搞的畫面效果。

「他們說，三年之內要贏『都球』總冠軍！總、冠、軍！哈哈哈哈哈！」鏡頭回到頻道主播的臉。他是個網名叫毛飛的男人，看來大概四十幾歲，高高瘦瘦，架著一副粗框眼鏡，戴著繡了贊助商標記的鴨舌帽。在頻道的介紹裡，他自稱從前曾經是大學籃球員。

毛飛捧腹狂笑了好幾秒，才繼續說：「結果呢？2勝6敗！而且只是在『AAA聯賽』呀！跟我說一次：A、A、A！哈、哈、哈！」

畫面切換為南曜隊的球員團體照。

「這支球隊裡有甚麼人呢？我來跟大家數一數：一個已經變成酒鬼的過氣球星；一個虛有其表、毫不成熟的所謂『超級』新人；他們的隊長更好笑，是個玩票打球的模特兒！再外加一堆在辦公室上班的業餘傢伙，然後就說要贏『Metro Ball』！我跟大家說，我開這個頻道已經八年了，這支南曜電機隊，是八年來我見過最可笑的球隊！」

王迅瞪著手機屏幕，咬牙切齒。

「你有自虐狂嗎？」衛菱嚼著牛肉說：「不要看啦⋯⋯」

「這根本就是無理取鬧！」王迅在空氣中揮拳。「還有，這傢伙的笑聲好難聽！為甚麼連這種爛影片都有十幾萬人看？」

「網路就是這樣的啦。」衛菱喝一口冰凍的烏梅汁，沒好氣地回答：「不斷在找門墊。」

「甚麼『門墊』？」

「Doormat呀。人人都故意踩幾腳的東西。」衛菱指著他的手機：「點擊率、留言互動、分享轉貼次數……網路媒體和主播都在追逐這些。大家圍起來，恥笑同一個人或者同一件事，最容易累積到這類數據。」

王迅在大學畢竟也是讀廣告的，當然明白衛菱說的這些事，可是他胸中的怒火卻無法降下來。正當他想點擊影片底下的「Dislike」時，衛菱又說：

「你再罵他也沒用。**最好的回應，就是想辦法贏球。**讓這傢伙把話吞回去。」

王迅聽了覺得很有道理，手指改為按下手機的Home鍵，把程式關上，切掉了毛飛有如機關槍噴發的獨白。

他把手機擱下，抓起放在桌邊一疊A4紙來讀。上面是衛菱畫的戰術圖，王迅之前在公司裡偷偷把它們打印了出來。

雖然王迅是在電腦和手機時代長大，但相比同齡人，他總是特別喜歡用紙筆這些實物；就像他最愛的籃球，也是能夠用手摸得到的實在東西。他甚至覺得籃球電玩很無聊，「有時間當然是打真籃球啦」。

那疊八頁長的戰術圖，早就被他翻得四角皺折，周邊的空白位置都填滿了他手寫的備忘筆記，又或是隨意下筆的小圖畫。王迅這時拿起鉛筆，又在紙上的僅餘空位畫起來，很快人物就在筆下成形：又是他最喜歡畫的那頭籃球猿猴，牠今次張開了雙腿大字跳起來，跨過一個瘦得像火柴人的戴眼鏡傢伙，在他頭上狠狠雙手灌籃。

衛菱好奇地拿過來看。這瘦子雖然畫得很簡單，但是一眼就看得出，正是剛才手機裡那個毛飛。她笑得幾乎把咀嚼了一半的魚丸吐出來。

王迅用畫筆發洩過，心情馬上好轉，也就拿起筷子吃著衛菱為他燙熟的牛肉。他向來就不是那種因為牽掛一件事而悶悶不樂老半天的人。

「不過我們眼前剩下的時間，確實越來越少了……」兩人吃著時，衛菱不經意地歎息說。

「AAA聯賽」每支球隊在常規賽總共打30場，只有勝率最高的四隊能夠進入季後賽決勝圈。現在南曜電機隊已經打了8場球，快要完成三分一個賽季，勝率卻是可憐兮兮的.250（註5）。假如再沒有起色，他們就要提早跟球季說再見。

⑤ **籃球聯賽（例如NBA）的球隊勝率**，通常用三位小數來表記，全勝是1.000，.250也就是25%。

AAA籃球聯賽解說

AAA籃球聯賽（AAA Basketball League）為本地次職業男子籃球聯賽，由每年十月至次年六月舉行。

聯賽共有十六支球隊名額，本季的球隊名單如下（以英文名字排列）

飛鳥快運 Asuka Express	KDI遊戲會社 KDI Gaming
香葉集團 Basil Catering	勵進體育會 Lai Chun Athletic Association
艾利芳製衣 EllyVon Clothings	拉美雷斯信託銀行 Ramirez Trust Bank
明欣速遞 Fast In Express	雷氏藥業 Ray's Pharmacy
伽蘭造酒 Gha-Ram Distillery	三勝實業 Sansho Industry
光榮出版 Glorious Publication	南曜電機 South Star Electric
金河酒業 Golden River Brewing	泰安製麵廠 Tai-on Noodle
夏美精密工業 Hami Precision Industry	宏福國際集團 Wang Fook International Group

★聯賽設有升降制度：每季的AAA聯賽冠軍，將晉升成為最高級別「都會職業籃球聯盟」（Metropolitan Basketball League）的新球隊，取代「都球」該季成績最差隊伍。

★AAA聯賽的常規賽季，十六支球隊互相對戰兩次，即每隊進行三十場常規賽。完成後計算各隊的勝負場數，勝率最高的四隊將可進軍季後賽。

★季後賽以單循環方式進行，四支球隊各對賽一場，由勝出最多的一隊，奪得當季AAA聯賽冠軍。

「幸好這個星期我們的賽程輪空。」王迅吃著沾滿辣湯的墨魚鬚說：「有整整兩個星期，給我們喘息和重新調整。」

「『幸好』？」衛菱苦笑：「你忘了兩個星期之後，我們要跟誰打嗎？」

王迅頓時感覺胃囊像被一隻無形的手捏住，放下了筷子。

南曜電機的下一場對手，就是現時「AAA聯賽」勝率第一、本季奪冠呼聲最高的強隊——夏美精工。

兩人沉默坐著，面對一桌子吃剩的東西，肚裡像塞住了石頭。

● ● ● ◉ ●

方宙航揉揉惺忪睡眼，看一眼時鐘。已經是下午17:58。練習肯定要遲到了。

他卻一副毫不在乎的表情，慢慢從睡床爬起來，抓抓亂髮步向浴室。

細小的公寓十分淩亂。穿過的衣服、空罐酒瓶、速食品包裝等到處四散。這家飯店式住宅公寓有提供收拾清潔的服務，但是方宙航不太喜歡給陌生人走進自己的空間，每星期只肯光顧一次；而他的生活方式，通常清理後捱不過三天，又變回這種狀態。

他上完廁所，隨便地洗臉漱口，對鏡撥了撥頭髮，看著自己浮腫的臉好幾秒。

這張臉，跟以往經常在籃球雜誌封面或廣告海報上出現時相比，改變了不少。主要不是因為年紀——方宙航今年才三十一歲——而是氣質的轉變。昔日五官之間洋溢著那股強烈的生命力，在這幾年間好像被抽走消失了。

方宙航不想再看自己，別過頭走出浴室。

牆壁底下堆著二十幾個球鞋盒，還有一個用膠帶封起來的大紙皮箱。方宙航每天都會忍不住看這紙箱一眼。自從把大屋送給離異的妻子楊黛雪、獨自搬到服務公寓之後，這個紙箱就一直擱在這同一位置，幾年來都沒有拆開過。

——裡面的東西，全都紀念了方宙航過去的榮耀，包括他的「都球」MVP獎座。

他把視線移開，再次看看時鐘。已經過了18:15的練習開始時間。

南曜電機隊多數球員都是企業員工，因此每日團體練球只能安排在傍晚開始。方宙航這些少數的全職球員，本來應該在早上或下午進行額外的自主鍛鍊，但是他入隊以來，一次也沒做過。

就連每日例行的練球，他其實都不想去。但是他的球員合約內，有訂明每月不可缺席的練習日數，超過了就要扣減薪酬，嚴重的話南曜隊更有權提前跟他解約。

而方宙航很需要那張每個月寄來的支票。

合約條款倒是有個小漏洞，就是沒寫明練習遲到的懲罰。所以現在不管時鐘數字怎麼跳動，方宙航還是毫不緊張。

他四處尋找可以穿著的衣服，終於拿起掛在電視機上一件黑色T-shirt。這部電視是公寓附設的，方宙航從不打開——楊黛雪最近這兩年已經重新在演藝界活躍，他絕不想在屏幕上看見她的臉。

他嗅嗅那件不知多久之前穿過的T-shirt，確定沒有太大異味就套上身。方宙航泡了杯即溶咖啡，加點威士忌進去，就著兩片麵包胡亂填飽肚子；抓起練習球衣和球鞋塞進運動袋，還不忘把那剩餘半瓶的威士忌也放進去，才拖著腳步離開公寓。

他在街口攔下計程車。其實方宙航自己有部跑車——是他從全盛時期保留到現在的少數財產之一。可是大多的日子他都懶得開車。

計程車司機從倒後鏡看了方宙航幾眼，似乎認得他。他沒理會，自顧自塞上耳機——裡面其實沒有放音樂——避開對方搭訕。還未完全清醒的眼睛，看著車外掠過的街景。

他的住處位於東區中心地段，經過的街道此際十分繁忙，高級夜店和餐廳各自亮起了招牌燈光，正在準備迎客。就像一座霓虹的森林。

曾經，這樣的夜色，是屬於方宙航的。

可是今天這一切華麗，不再激起他心頭半絲興奮。

下班時段的馬路頗擠塞。方宙航到達陳舊的南曜隊訓練場時，已經遲了整整一個小時。

隊員早就齊全並完成暖身，此刻正在進行基礎的快攻傳球上籃練習，順道把身體跑熱。方宙航走進大鐵門時，只有王迅看著他，其他人都早就習以為常，當作沒看見。

康明斯除了發出每項練習指令之外，其餘時間都只是坐著默默看球員，沒有多談要練些甚麼，去針對下一場的強敵夏美精工。

那場嚴峻的挑戰，距今只剩下十天。

練習的氣氛極是低沉。球員之間沒有怎麼交談，只得葉山虎依然活躍，不斷在球場裡一邊奔跑一邊吼叫，激勵隊員盡力加快速度，又直接指出他們的每個錯處。他就像有耗不完的精力——不管是動作還是聲音。

龍健一每次被葉山虎吼，就露出不快的表情。他覺得自己似乎天生跟葉山虎合不來。不過他沒有開口還擊：葉山虎做每個練習都出盡全力，沒有任何躲懶和保留。面對一個如此嚴格律己的隊長，被罵的人實在毫無反駁餘地。

方宙航在場邊只略微做了些暖身和伸展的動作，就加入練習。

「你這樣會受傷的啊。」拿著計時器的衛菱皺眉說。她嗅到他散發出來的酒氣。

方宙航聳聳肩，向她微笑了一下，顯得不在乎。

在南曜隊裡，衛菱已經是唯一對方宙航說話，而會得到笑容回應的人。

王迅歎息搖頭。方宙航對待自己的身體，就跟對待職業生涯一樣：完全放棄的態度。

——從前那個他，到了哪裡去？……

不過王迅現在已經沒空去關心偶像了。現在最困擾王迅的是：自己在球隊裡，還有甚麼存在價值？

多數人都預料，南曜電機下一場面對實力強橫又氣勢如虹的夏美精工，極可能被大比數屠宰。到時王迅一定會有較多上場機會——只可惜全都是沒有意義的垃圾時間。他在球隊裡的地位，不會有任何改變。

隊員們再做了半小時的攻防鍛鍊。康明斯始終沒有給出甚麼練習方向，亦未提及要針對對手做怎樣的戰術調整。

許多球員一邊跑著時，心裡在想：教練似乎已經放棄這場比賽……

練習時間過了一半。康明斯叫球員做十五分鐘的自主投籃，半當作放鬆休息。各人也就抓起球，去找自己較多機會出手的位置練投。

衛菱拿著防守假人，協助龍健一練習跳投。她把形狀像舉起雙手的輕巧假人，隨機地迫向龍健一左側或右側，模擬在比賽時，額外的包夾防守者從其中一邊逼迫過來；Ken要馬上判斷對方的夾擊從哪邊出現，即時往另一邊空位運球轉身避開，順勢起跳投球。

龍健一十分專注地不斷出手。蘇順文也過來幫忙撿球及回傳給Ken。籃球一記接一記空心進框，令蘇順文極是驚異。

——他比我高大這麼多，外線跳投的動作和準繩卻像個後衛！

現時龍健一具把握的跳投射程，已經延伸到大約18呎。以他的身高和跳躍力，出手點很高，對方難以封阻，防守他的最有效方法只有提早做貼身干擾。這個練習，就是要迫使他快速閱讀敵人的防守，避開並出手投籃。

提出這個練習方式的是衛菱。龍健一入隊幾個月來，很少有跟衛菱交流，一直以為「這女生只是負責球隊雜務」，現在不禁對她有點另眼相看。

——她看出了我實戰中最需要改進的地方。

龍健一的中距離跳投，是目前南曜隊除了方宙航之外最有把握的得分武器，因此衛菱全心幫助Ken盡量練習，希望對夏美精工時會產生奇效。

——但就算他當晚投出超水準的命中率，還是不可能扛起整支球隊啊……

衛菱「防守」著龍健一時，心裡在默默苦惱。她瞄瞄場邊的康明斯，不禁想：有沒有甚麼方法，可以勸動這位老教練？……

在另一邊籃框，方宙航也做著自由練習。

不管平日顯得多麼沒生氣，只要籃球一到了方宙航手上，他整個人就會瞬間改變。好像身體裡某一頭沉睡的生物甦醒了。

他連續做了六、七下節奏急密的變化運球，皮球與手掌之間就像連著隱形絲線，雙足跳起輕盈的舞蹈，每步都隨時能夠瞬發攻擊。

他一次又一次做著這運球組合，再配合技巧複雜的跳投：有時是轉身後仰，讓球劃出很高的拋物線；有時是猛衝急停再接大幅後撤步，完全甩開無形的敵人輕鬆出手；下一次他裝作全心運球突破，卻忽然錯步單腳起跳快手投出……

這根本不像在練習，而是一個人遊玩；不像在打球，而是在空白的畫布上即興自由創作。

南曜球員許多都不禁停下來看他，就連梅耶斯也不例外——像方宙航般擁有如此獨特球感的天才籃球員，即使在美國也不常見。

球員本身都是籃球迷，已經看過方宙航打球多年，但是每次現場親睹其人其技，還是無法不由衷讚歎。方宙航即使只是獨自做著輕鬆的投球練習，每個動作還是充滿細膩的魅力，甚至連投不進的球，都像比別人精彩。

這卻也是一場孤獨的表演。南曜隊員們看著，心裡更深刻感受到，方宙航根本沒有當他們是隊友。

王迅當然也在注視方宙航。他看得比其他人都要仔細，留意到方宙航在每次發動時，或者思考著要做甚麼動作之際，臉上都會隱隱露出一抹笑意。

這表情，跟平日那張冷漠的臉，截然兩樣。

——他正在享受著一種純粹的樂趣。

加入球隊這幾個月，王迅都沒辦法了解，方宙航到底出了甚麼問題？有甚麼一直纏繞著他，令他變成這個模樣？王迅找不到誰來問，因為球隊裡沒有人跟方宙航親近。

如今這個發現，令王迅生起新希望。

——方宙航心裡的籃球火焰，看來還沒有完全熄滅啊……

正當王迅看得興奮時，方宙航卻停了下來。籃球滾到一旁，他也懶得去撿，直接就走到板凳坐下，大口喘著氣，臉上汗如雨下。

他的體力竟是如此不濟。

王迅的心情又頓時冷卻。

方宙航這場短促的個人表演，就在他體力不支下匆匆結束。

本來一直在欣賞他連串妙技的隊友，不禁失望歎息，又各自回去繼續投籃。

陳競羽看了累倒在板凳上的方宙航一眼，不禁冷笑，朝著好友呂劍郎打個眼色，兩人繼續合作練接球跳投。

「哼，比平日還要差勁！一定是喝了酒才過來啦！」

陳競羽這句話聲音不小，還故意走近到王迅附近說。

南曜電機隊的所有人都知道，王迅很崇拜方宙航。陳競羽是故意要讓王迅聽見這句話。

他一直就不喜歡這個新人。王迅的位置跟陳競羽完全重疊，是能夠兼任得分後衛和小前鋒的「搖擺人」（Swingman），要是在球隊裡表現得好，隨時會削減他的上場時間。

「Ball！」陳競羽伸手高呼，後備大前鋒呂劍郎就把球爽快地傳給他。這兩人默契和感情格外好，只因他們同一年進入球隊，更是南曜電機的物流部同組員工，這些年不論在工作和籃球上，都是朝夕相對。

陳競羽接到球同時，雙腳急停輕鬆躍起，來一記動作漂亮的跳投，籃球準確穿過繩網。他回頭看著王迅微笑，示意自己近期狀態甚佳。

——想拿我的位置？你這頭笨菜鳥，想也別想！

王迅卻根本沒察覺陳競羽的挑釁。他正在沉思，心裡自顧自盤算著一件事。

這時團體練習再次展開。首先複習了十幾種半場進攻戰術；再來是練人盯人防守（註6）的合作和補位。

練習已經進入下半部，氣氛卻還是提升不起來。所有的攻防鍛鍊都像是例行公事。

最後45分鐘，球隊按照慣例，做五對五的全場對抗比賽。

一如往常，一方由球隊先發五人組成；另一方套上紅背心，是二軍陪練陣容：郭佑達、陳競羽、王迅、呂劍郎和石群超。

——在實際比賽裡，王迅卻連二軍都算不上，上陣的機會極少。康明斯教練在調動陣容時，通常會把龍健一或葉山虎其中一人留下，視乎情況由陳競羽頂上得分後衛或是小前鋒的空缺。除非已經確定勝負，康明斯極少會派出全板凳球員上陣。

球隊還剩下的最後兩個大後備，蘇順文負責計算時間及進攻時限，東尼·迪森則記分。球證由衛菱擔任。

對抗賽一開始時打得很熱烈，每個人都馬上投入進去。葉山虎的呼叫聲在館內迴響。

可是打了才不夠15分鐘，方宙航趁著球出界，就一聲不響自行步出球場，坐在板凳上脫鞋。他退場從來都不說半句話，只用動作表示「我今天已經耗光了體能」。

眾人對他這種態度，早已習慣。

平時方宙航一退場，就會由陳競羽轉往正選隊那邊，迪森則出來填補他在二軍的位置。

王迅卻率先將紅背心脫下。

「你幹嘛？」陳競羽慍怒地指著王迅呼喝。

「今晚不如來個新嘗試，好不好？」王迅沒理會陳競羽，用更大的聲線蓋過他的抗議。

「甚麼——」

王迅似乎早就計劃好今天的行動。他趁機快步走上前，將紅背心拋給關星陽，再指著郭佑達：「來，你也脫！我們一起換隊！」

---

⑥ **人盯人防守**（Man-to-man Defense），是一種防守戰術，每名防守球員負責防禦其中一個特定對手，跟隨其行動。相對而言，區域防守（Zone Defense）戰術，則是每名防守球員負責守住球場上一個特定範圍。這是籃球的兩種主要防守模式。

以新人的身分，兼且幾乎是板凳最末的大後備，王迅竟突然這麼自作主張，指揮著球隊裡的前輩們，大家一時都訝異得呆住了。

就連坐在場邊喘息、滿心都在渴求著酒精的方宙航，也不禁抬頭去看王迅。

全場最愕然的人，卻是衛菱。

因為王迅此刻強行提出的球員組合，正是她構思了很久的陣容人選。

她轉過頭，緊張地瞧向坐在一角的康明斯。

——他……會不會阻止？

王迅也看向教練。表面上他裝得自信滿滿，但內心其實跟衛菱一樣，又害怕又緊張。從高中到大學，王迅都是個服從命令的防守工兵，從來不敢違抗教練，現在為了壯膽，他心裡不斷反覆對自己說：

——沒甚麼可損失的。他能夠怎麼懲罰我？把我在垃圾時間上場的機會也剝奪嗎？哈哈……

葉山虎回想起第一次跟王迅二人做清晨特訓時，這小子就曾經問過他：

「我們球隊有甚麼方法變強？」

——他是想做甚麼測試嗎？……

於是趁著康明斯還未表態，葉山虎就大力拍了幾下掌，高聲一錘定音：

「好，就這麼決定！開球！」

關星陽聽了不敢相信，威嚴地瞪了葉山虎一眼。他又轉頭去看康明斯，發現教練竟然沒有表示反對。關星陽在球隊裡一向不會公然發脾氣，他翻了翻白眼，還是勉強把紅背心套到身上。

東尼．迪森也穿上郭佑達脫下來的背心，加入到二軍那邊。雙方的陣容確定了。

龍健一回到自己防守的後場，然後看看同隊成員：仍然有先發中鋒梅耶斯和小前鋒葉山虎，但一對後衛則變成王迅和郭佑達。之前幾個月的練習裡，從來沒有試過如此組合。

王迅站在守備位置，兩腿大張，擺出一個極低姿勢，雙手猛力拍擊地板。

「聽著！我們這個陣勢，就只有一個字：」他向同伴高喊：「**RUN!**」

王迅說完，看著場邊的衛菱，微笑眨了眨眼。

衛菱的嘴角也偷偷露出笑意。

「RUN!」，就是她的筆記上用紅筆寫著的大字；她設定的南曜革新戰略主題。

懷著一股興奮又不安的心情，衛菱咬著哨子吹響。

她耗費了幾個月心血的構想，到底是否真的可行？

今晚就會揭曉。

陳競羽見王迅如此囂張地拍地高叫，還指揮著幾個正選球員的站位，恨得咬牙切齒，一股勁跑上前場去。

——我要打爆你這小子！

關星陽運球上前展開進攻。他表面神色平和，但內裡其實非常生氣。

剛才王迅把背心拋給他那個舉動，實在極之無禮。

——小子，你的意思是，我的實力不夠擔當先發嗎？

由於日間工作繁重，年紀也已經不小，關星陽每晚練習都會珍惜體力，以免身體耗損太大造成受傷，平日對抗練習，大概都是將力量和速度控制在七成左右。

但是這場球，他決定要出盡全力。

觀察過雙方對陣球員之後，關星陽果斷地把球傳給陳競羽。王迅早就等著，馬上貼過去防備。

陳競羽雖然討厭王迅，但知道這個新人的防守能力確實不可小看。他沒有貿然單打強攻，只是做了幾次假動作，又回傳給關星陽。

紅背心隊幾秒間來回傳送了數次，籃球又再回到關星陽手裡。

負責守他的郭佑達，腳步速度雖然快，但基本防技和意識不夠紮實，被這輪傳球干擾後，沒能跟上關星陽的走位。關星陽得到空間，毫不猶豫從三分線外出手。籃球清脆破網。

衛菱的新組合還沒有展示任何威力，一開戰就失利。

王迅卻絲毫不受動搖，第一個快跑去撿球，踏過底線開出，同時吐氣高叫：「跑！」

關星陽和陳競羽等人，還在為率先得分而得意時，葉山虎已經奔向中場線。龍健一也展開又急又大的腳步。

「速度是這個陣容的生命。」衛菱在她的筆記裡這麼寫。**「不管攻擊還是防守。」**

接到王迅開球的梅耶斯，看見其他隊友已經跑上去，而對方仍然未警醒，他自然反應就是摔出一個拋投，將球大力傳給奔到了中圈的葉山虎。

在接下球之前，葉山虎用眼角留意著越過自己快跑上前的龍健一；他一撈到梅耶斯的強勁傳球，就順勢拍向地板，運球橫移一步，避開了回防阻截他的呂劍郎；右臂再往前頭猛力揮出去，朝著龍健一扔出一顆長距離的彈地傳球！

葉山虎球技畢竟比較粗糙，這個傳球角度偏了，籃球反彈而起時並沒有準確飛向龍健一前方，而是傳到了他的側後面。然而Ken的身體協調極佳，保持著全速奔前的同時，上身能夠扭著腰伸盡收臂，硬是從身後單手把球收了回來。

龍健一接球的一刻已經到達對方禁區邊上，他不必運球，乘勢跨開長腿兩步跳起，越過無人防守的禁區上空，手臂和身軀長長延伸，左手輕巧地把球端進了籃框！

這個開球快攻反擊的速度非常高，而且沒有任何多餘動作，連續三次傳送之間只有一下運球，猶如行雲流水。直至進了籃，仍然有兩個紅背心球員還沒趕回後場。

這種迅速的快攻，其實沒有甚麼秘密，靠的就是每個球員都具有拚命奔跑的意志。

——這卻也是最難做到的。

葉山虎看著龍健一，指指自己胸口，示意剛才的彈地球傳得不好。Ken卻朝葉山隊長豎起大拇指，表示那快傳的反應很棒。

——自從上次更衣室針鋒相對之後，兩人一直累積著不和的關係，可是卻在一球之間就煙消雲散。

王迅猛力拍手鼓勵隊友，大叫：「繼續！」，並且再度趨前防守著陳競羽。

陳競羽瞧見他這副亢奮模樣，心裡更是恨得牙癢。

——你在得意甚麼？分數還是3比2呀！

他焦急地向關星陽揮手要球，想親自打垮王迅——身為球隊「第六人」，板凳的主力得分手，他具有這樣的信心。

關星陽是隨時都能夠冷靜分析情勢的控球後衛，剛才對方的快攻反擊得手，對他已經亮起警號。他不敢再隨便從外圍出手，衡量過目前場上的狀況後，就把球傳給單打得分能力較高的陳競羽。

呂劍郎跟陳競羽非常有默契，他馬上走上前做個單擋，頂在王迅右側，協助陳競羽擺脫。

然而葉山虎亦趕上來了。他不必王迅提醒，已經知道要怎麼做。這個月以來，兩人經常一起做晨間額外特訓，彼此已經很了解對方的行動習性，此刻兩人互相換防補位，異常地合拍，再加上他們本來的腳步速度和對抗韌力，把陳競羽和呂劍郎合作的擋切戰術（註7）阻截了，反而合力將控球中的陳競羽迫向邊線。

「葉山隊長與王迅的防守力，是令這個陣式生效的第一線武器。」衛菱的

---

⑦ **擋切**（Pick and Roll），或稱擋拆，是一種進攻戰術，由一名球員為控球的隊友做阻擋（Pick），隨即切入（Roll）往籃框方向，造成對方一個防守者同時面對二人、只可選擇防守其一的有利狀況。擋切是非常悠久又常見的戰術，即使在現代籃球仍然十分有效。

筆記如此分析：「**我估計，這陣式佔了一半分數，都將會來自防守成功後的快攻反擊。**」

現在衛菱看著王迅和葉山虎這極具侵略性的外線防守，跟自己的預想完全一樣，她興奮得心臟撲撲急跳。

陳競羽快要被兩人夾死，傳球給呂劍郎或關星陽的路線都被封住，他只好大力向遠處拋出高長傳，試圖交給站在球場弱邊（註8）的東尼．迪森。

「截下來！」衛菱和王迅心裡同時呼喊。

郭佑達正好站在這條橫越球場的傳球路線跟前，正是截球的絕佳位置。但這是他第一次跟王迅和葉山虎同時上陣，並不知道他們的防守方針，也對兩人沒有太大信心，一直防範著陳競羽會不會突破過來；直至看見陳競羽的高拋傳球動作，郭佑達才醒覺要攔截傳球路線，他在隊裡雖然是腳程最快的其中一員，但起步發動遲了些，只可目送籃球在他前方頭上掠過。

正當郭佑達扼腕歎息的瞬間，另一條身影，在他左側後方高高躍起。是龍健一。他看著王迅和葉山虎兩人的壓迫防守，已經預早配合著捕捉方位，剛好在迪森跟前飛躍而起，單手搶下了球！

「跑！」龍健一還沒著地就高叫。

郭佑達身體裡好像有某個機關被這聲音打開了，想也不想就拔足前奔。

Ken踏地的同時，雙手從胸前推出，籃球飛向已經踩到中場線的郭佑達。

關星陽雖然已經預早準備好隨時回防，但他始終跟不上郭佑達的快腿，被對方輕易運球拋離。

「用郭佑達取代關隊長，是為了速度。身為控衛，他將主宰大半攻勢的節奏。他快，全隊也會快。」

郭佑達輕鬆上籃得分。再一次無人防守的快攻。

關星陽和陳競羽神色凝重。

相反另一方，王迅和龍健一他們五人則情緒高漲，感覺腳步變得輕快。

就連平時打球比較「養生」、很少積極參與快攻的梅耶斯，此際也情不自禁地投入到這種節奏裡。這麼迅疾的球風，讓梅耶斯回想起少年時在新澤西的街頭球場混跡那些歲月。二十九歲漂洋過海來打球的他，就像突然回到熟悉的地方。

葉山虎的豪邁笑聲，震動著倉庫的空氣。

南曜電機這座訓練場，已經許久不曾有過這樣的氣氛。

---

⑧ **弱邊**（Weak Side），在半場攻防時，把球場劃分左右兩邊，球不在的那邊稱為弱邊，而球所在的一邊則稱為強邊（Strong Side）。

4

紅背心隊被對手連續兩次輕易快攻得分，實在是太難看了。關星陽他們五人感覺尊嚴受損，神色變得凝重。

甚至連球隊的大後備、本身只是南曜電機社員的東尼·迪森，都覺得很不甘心。

——雖然說對方有三個先發球員，兩邊實力應該還不至於差這麼遠啊……

他們咬牙切齒上前反擊，決心把分數討回來。

但是接連的幾次進攻，紅背心隊都無法打得順暢。

他們很快就發現障礙出在哪裡：**是王迅與葉山虎這條難纏的防線。**

這兩人兼具身材、體力和速度，而且就像獵犬般鍥而不捨，他們合作的外圍防守，令關星陽他們在控球和傳球上受到很大壓力，難以組織起進攻陣勢來。

陳競羽明明近期狀態和手感甚佳，可是他作為南曜隊後備席裡的第一得分手，此際竟找不到切入或出手的空間，越打就越焦躁。

紅背心連續三次攻勢，都幾乎把24秒進攻時限耗盡，被迫選擇在甚差的時機勉強投籃，其中一球被中鋒梅耶斯狠狠封蓋掉，另外兩球則嚴重投偏，讓龍健一和葉山虎輕鬆摘下彈出的籃板球。

而且紅背心每一次失落球權，馬上就要應付節奏高速的反擊。他們吃過兩次虧，已經有所警戒，提早趕回了後場防守，才沒再像先前般受突襲；但對方仍然以快打慢，趁著紅背心剛回防時陣勢未穩，集中餵球給跑進了攻擊範圍的龍健一。

「不用多想，推快節奏，盡早把球傳給Ken！」

趁著空檔時，王迅這麼指示郭佑達。

「就算傳失了，我跟葉山隊長一定會把球搶回來！何況這只是練習呀，放開來打！」

王迅這麼說，其實是按照衛菱的筆記指示：

「**打球顧慮太多，是郭佑達的最大弱點；只要他心胸放開，就能夠完全發揮Ken的威力。**」

先前幾球打得那麼順暢，已經令郭佑達忘記王迅是後輩，聽完後默默同意點頭；之後的幾次攻勢，他果然不再像平日比賽那般畏首畏尾，迅速果斷地把球一記接一記送到龍健一手裡。

相比從前與關星陽同陣時那緩慢節奏，龍健一感覺猶如獲得解放。每一次接球的時候，身邊都有更多空間，對方的防守也並未穩固，他無需多作考慮，發現守陣的弱點，憑直覺就馬上發動攻擊：原地跳投、乘隙切入、以力量背籃強攻……全部都得心應手。

「Ken是這個陣容的進攻核心。其他四人的任務，是要令他的攻擊力完全釋放。」

龍健一每次進了球，都朝著郭佑達等四個隊友揮拳致意。

成為職業球員幾個月，Ken終於第一次打球打得這麼快樂。

——而這只不過是一場普通的隊內練習對抗。

龍健一這段全面又瀟灑的攻擊表演，令場邊的蘇順文看得呆住，甚至忘記了計分。

分數其實不重要，兩邊球員的實力本來就有差距。

這場對抗的真正意義，不在於實際勝負、守到多少球或是拿到多少分，而是其中的過程；龍健一這個新的五人隊形，正展示出極大的潛力。

一支能夠贏的球隊。

關星陽很快就看出這一點。

他從中學、大學到企業球隊，已經打了廿幾年籃球，在無數次練習裡，偶爾就會遇上這種特殊的時刻：隊友之間好像找到能互相打開對方的鑰匙，產生前所未有的契合。

關星陽知道，每次出現這種神奇的狀況，一定要格外珍惜，盡量把練習延長下去，讓它能夠變成球隊的常態。

真正的強隊，就是這樣培育出來的。

陳競羽等幾個紅背心隊員已經越打越沮喪，漸漸放慢腳步，似乎想要結束練習。關星陽見了馬上高叫：

「不要停！繼續！讓他們練下去！」

這位「沉默的隊長」，過去甚少用這麼嚴厲的語氣下令。陳競羽和呂劍郎聽了心頭頗是吃驚，不敢不聽從，各自再次加快腳步。

關星陽喊完這話，自己也重新集中精神，朝著運球攻過來的郭佑達全心守備。

眼前這個新的「高速跑陣」，假如真的試驗成功，關星陽有可能從此就失去先發球員的位置。但是現在他完全沒想自己的事，只是一心要再測試龍健一等五人同陣的威力，看看他們還能夠發揮到怎樣的程度。

站在場邊的衛菱，此刻已然渾忘自己的裁判工作，嘴巴叼著哨子，腦袋卻完全進入了教練模式。

這段日子她所寫的筆記，就在眼前成真。那種激動心情，就好像一個小說家看見自己的作品被忠實改編成電影一樣……

郭佑達一過了半場，馬上再次把球傳給站在禁區高位角的龍健一。

擋。

所有人都知道他會這麼做——直至現在，龍健一的單打進攻還是無人能關星陽卻早已向陳競羽下了新指令。郭佑達的傳球才一離手，陳競羽已經起步趨前，龍健一接到球的同時，即被他跟呂劍郎二人包夾封鎖。

一個月前，在「滾滾來」麻辣鍋裡討論戰術的時候，王迅就問過衛菱：「這個陣容，只有Ken一個進攻點……假如他被對手針對，我們要怎麼辦？」

那時候衛菱吃著熱騰騰的玉米，不徐不疾地回答：

「Ken不是一個單純的得分手。不要小看他。」

現在龍健一的表情，就跟當時衛菱一樣，沒有絲毫緊張。

先前的八場AAA聯賽，龍健一都不斷要習慣在包夾中苦戰，因此在閱讀對手夾擊及球場狀況方面，累積了很多新經驗。

而他本來就是個視界和意識良好的傳球手。

欠缺的，只是能夠接應他的隊友。

沒等陳競羽和呂劍郎完全貼上來，龍健一就率先做了個軸足旋轉步，避開被包夾的最危險死角，取得少許空間；他眼角略瞄了瞄，不必花太多時間就做出判斷，用腕力將籃球向斜前方摔出去。

紅背心的中鋒石群超，被假裝要切入的葉山虎稍微引開了，無人防守的大衛．梅耶斯正好趁隙從後奔上，到達籃框前的空位。

龍健一這記美妙傳球的角度和力度，就像誘導著梅耶斯，他自然而然順勢起跳，發出吼叫聲的同時，雙手空中接球，猛力灌籃！

眾人被這一擊震撼。甚至連龍健一本人，完成之後都覺得有點驚奇。

他跟梅耶斯在鋒線上已經合作了好幾個月，從來沒打過一球這麼爽。

因為現在有了空間。

空間，來自速度；來自五個都願意全力不斷奔跑的人。

衛菱目睹這記灌籃，興奮得快要流淚。

王迅仰頭，像狼般叫嚎。

之後他們的幾次攻勢，情況也是相近。每當紅背心用雙人包夾龍健一，餘下只有三人守四人，自然就出現空隙；而Ken每次都能夠閱讀敵陣的弱處，做出最正確的傳球選擇。葉山虎和王迅各自一次找到機會空手切入，接球後輕鬆上籃得分；另一次郭佑達退到三分線外無人防守的位置，適時接到龍健一的回傳馬上跳投，只不過沒有進框。

龍健一的判斷力和傳送技巧固然優異，但他所以能夠在包夾裡一次接一次將球傳出，是因為都沒有持球太久，對手根本來不及封鎖；而傳球夠早，是因為其餘四個隊友都在跑動，很快就在對方守陣裡製造出空隙。

相比先前比賽裡那個縛手縛腳、缺乏效率的龍健一，現在能傳能攻的這個他，才是「完全版本」。

關星陽的紅背心隊，不管選擇單人防守還是雙人包夾龍健一，同樣無法抑制他的威力。**就好像面前有兩顆不同的毒藥，只能選擇吃哪顆而死。**

南曜隊的所有人，此際都被場上這個新組合的威力吸引。誰也沒有留意到，坐在場邊休息的方宙航，也同樣看得入神。

方宙航對於南曜籃球隊，除了每個月那份薪酬之外，一切都從不關心。是勝是敗、有沒有打進季後賽、怎樣被媒體和球迷評價……他覺得統統都跟自己無關；甚麼「超級新人」加盟，或者要打上「Metro Ball」等等，他也從來不理會。

——升上「Metro Ball」又怎麼樣？我又不是沒打過。

可是現在，方宙航亦不禁被王迅和龍健一等五人牽動了情緒。

他所以動容，並不是因為這個組合的總體攻防實力有多厲害——方宙航在「都球」時代，甚麼高手和強隊沒親眼見證過？但是這五個人之間，此刻就像存在著一股看不見的、互相牽引提攜的能量。而且是在毫無預期之下，突然出現。

「Make teammates better」——令隊友打得更好——是一句籃球世界的老生常談，但實際上就算在最高水準的球隊裡，也不是常常能夠實現。

而這種能量，竟然出現在這支戰績低沉的南曜電機隊裡。

方宙航看著，心裡自然想像：

假如我也加入，會變成怎樣？

方宙航雖然主打得分後衛，但是論控球、傳送和帶動節奏的能力，絕對足以淩駕和取代郭佑達；而郭佑達的單打突破及外圍投籃，跟方宙航相比則差了十段不止。就像剛才龍健一妙傳給郭佑達的那個無人防守三分球，要是交給方宙航出手，百分百穩進無疑。

假如龍健一和方宙航兩個威力強勁的得分高手，能夠同場發揮，這個「跑陣」絕對將變成雙倍可怕。

可是方宙航再想下去，心裡只能苦笑。

——用這種速度不斷奔跑，現在的我，連十分鐘都撐不了……

想到這點，一股羞愧感覺就從方宙航胸口冒上來，令他很想逃避現實。**令他很想喝酒。**

場上眾人以這等高速節奏連續打了超過二十分鐘，王迅的體力卻沒有半點下降的跡象。相反對面幾個人都已經氣喘如牛，尤其關星陽和陳競羽這對後衛，不斷受到王迅與葉山虎的嚴密防守壓力，體能消耗更是特別大。

陳競羽直至現在，連一分都沒有拿到。平時他身負替換方宙航的責任，得分是他在南曜隊裡的主要任務，此刻實在是太沒面子了。

他接到關星陽的傳球，鼓起餘下一口氣，決心要切過王迅拿到一球。

他做出得意的假動作晃身，想把王迅騙過，繼而跨步向左突破。

可是現在體力大降的陳競羽，一切動作在王迅眼中已經變得太慢。王迅一探手，就把他的球抄走，再大步衝前順勢拍球，瞬間轉守為攻。

陳競羽不甘心，想從後追上王迅，可是雙腿實在太累，一時腳步不協調，左腳絆住自己右腳，整個人向前撲倒。

在王迅跟前已經再無防守者，只剩空空的籃框。而他正打到情緒最高漲的狀態。

但王迅並沒有一個人攻上去，而是抱起球停下來。

他回頭走向倒地的陳競羽，向他伸出手掌。

陳競羽呆住了。

——**這只是練習。我們是隊友啊。**

王迅的姿態，像在這麼對他說。

陳競羽無言，拉住王迅的手站起來。

練習結束的時間也確實到了。衛菱吹響哨子示意。

她帶著極度緊張的心情，回頭去看康明斯教練。

——這個新陣，能夠打動他嗎？

衛菱看見的，卻是沒有流露半絲激情的康明斯。

「今天的練習完結。」康明斯從板凳站起來，冷冷說。「好好做緩和運動才去淋浴。」接著就轉身步向辦公室。

「教練！」王迅叫住他：「剛才的對抗練習，你沒有任何評語嗎？」

康明斯回頭，以一貫的威嚴神態向王迅說：「我有事情要說時，你們自然就會聽到。」然後回頭繼續離開。

龍健一和葉山虎以不可置信的眼神，盯著教練的背影。

——這老傢伙心裡到底在想甚麼？剛才誰都看得出，球隊發生了巨大的進化啊。

「管他的。」龍健一的聲音不小，毫不介意讓隊友們聽見。

他説完主動伸手，跟王迅、梅耶斯、葉山虎和郭佑達碰拳慶祝。

「It's damn good practice!」龍健一説著，也跟關星陽他們這些練球夥伴逐一擊掌。

加盟南曜電機這麼久，他第一次練完球之後，心情是如此滿足。

王迅笑了笑，回頭想看看方宙航有甚麼反應，卻發現對方早就收拾東西離開了。

5

在「滾滾來」麻辣鍋店裡，王迅與衛菱隔著蒸氣，笑著交碰啤酒罐。

「乾杯！」

剛才練習的結束時間本已不早，再加上要淋浴更衣和收拾場地，他們先後離開南曜訓練場的時候，已經過了十一點。可是兩人都忍不住馬上用短訊相約過來慶祝。

只因今晚的成果，實在令他們太興奮了。

這種深夜時刻，吃飯的選擇不多，「滾滾來」連鎖店全線都是廿四小時營業，他們很自然也就回來老地方。

「真的太感謝了！」

衛菱喝了口啤酒，站起來向王迅合掌鞠躬。

面對她這麼鄭重地致謝，王迅反倒變得有點不好意思，瞇著眼搔頭。

「剛才我可是害怕得要命呀……當我把紅背心拋給關隊長時，他的眼神好像想殺死我！」

衛菱聽了燦爛地大笑。她實在由衷感激王迅，要不是他硬著頭皮，強行在今晚的對抗練習裡這樣組隊，衛菱的構想就沒法進行測試。

而這個陣容的試驗效果，完全達成她的預想。

「只是第一次，而且事前沒指示過，就有這樣的威力！」衛菱興高采烈地說：「要是多練習幾趟，再用上我設計的戰術，一定會更厲害！」

他們在熱騰騰的麻辣鍋跟前坐下來，已經超過了二十分鐘，衛菱竟然到現在還沒動過筷，只是顧著說話，這事情前所未有。

倒是練完球後餓翻了天的王迅，急不及待已狼吞虎嚥起來，他咬著一塊牛小排，大力地點頭同意。

衛菱托腮，看著店鋪牆壁上掛的傳統字畫，完全陶醉在剛才對抗的回憶中，雙眼映著星般的亮光。

「今晚Ken真是帥呆了……哎呀，應該用手機拍下來，再故意流出到網路上，南曜隊的球迷數目肯定大增！」

王迅指指自己胸口：「那我呢？」

「你？就跟平日一樣啦，像一頭打籃球的猴子！」衛菱掩著嘴笑得亂顫。

王迅不忿氣地發出嘲嘲怪叫，嘴巴裡還含著未嚼完的食物，看起來真有點像猿猴，衛菱笑得更厲害。

「快吃吧。」王迅當然是故意搞笑，他嚎叫了一輪就恢復正常的笑容。

「你不吃飯的模樣，我真的看不慣呀。」

他們一邊燙著肉和青菜，一邊討論今晚的每次進攻和防守細節。衛菱對於籃球的記憶力，厲害得就像一部全方位攝影機，這場對抗練習裡的每個時刻，十個球員正在幹甚麼、站在甚麼位置、犯了甚麼錯誤或者做出甚麼精彩的細微動作，她都全部清楚記得。

「葉山隊長跟我的雙人防守，意外地合拍呢。」王迅得意地說：「我在想，如果找郭佑達跟我們一起做額外的晨練，外線守備就能夠再減少破綻。」

「我比較擔心的是大衛。」衛菱說：「雖然他已經比平時增加了許多跑動，但是似乎還沒有完全投入這個打法。」她摸著下巴在思考。這個五人跑陣，梅耶斯確實是融入比較少的一個。畢竟他本來並不是速度型的中鋒，只因為是黑人，跑得遠比替補的石群超快，已經是這新戰法的最佳人選。

王迅點頭拍拍胸口：「沒問題，我也會找他談談。」

「哈哈，顯得好有信心啊。」衛菱微笑：「好像成了南曜隊的第三位隊長啦。」

王迅聽見覺得不好意思。他回心想想，自己確實好像有點興奮過頭，忘了現實裡自己還只是個新人。

然而衛菱並不是在取笑他。今晚她確實看見，王迅似乎有擔當領袖的潛質……

「OK，我的計劃已經實現了一半。」衛菱喝一口啤酒，臉頰泛出緋紅：

「接著要討論的，是怎樣實行另外那一半！」

她所說的「另一半」，其實就是一個人。

方宙航。

要將衛菱設計的這個快陣提拔為先發五人，就有必要將方宙航降為板凳球員。

這並非單純要方宙航「讓位」，而是衛菱考量過他的體能限制後，做出最善用他的戰略構思。她的筆記裡這樣寫：

方宙航應該改為球隊第六人，擔任二軍的得分重心。面對敵隊較弱的板凳防守者，方宙航將能夠更輕鬆地大量取分，體能消耗亦較慢，預料可以略為延長上陣時間。

整體策略就是：在比賽中途派他上場，突擊搶奪分數，之後再以攻守平衡的先發陣容，將優勢確保到完場。

可是要這位傳奇的「都球」前MVP，降級為一支「AAA聯盟」球隊的後備，肯定將大大損害他的尊嚴。

誰有膽量提出來說服方宙航？他會有甚麼反應？會不會覺得是一種屈辱？甚至令他徹底厭惡球隊，情緒爆發失控，反而導致南曜電機丟失了一門重要進攻火力？

這是個極度棘手的難題。
「我說……」王迅回應衛菱：「其實前一半還沒有實現呀。我們只練習了一課而已，連一次也沒在實際比賽裡應用過。而且康明斯也未必讓我們進行下去。你現在就去想這一步，會不會太早了一點？」
衛菱皺眉。王迅的說話好像刺破了她的美夢。但他說的確是事實。她洩氣地點點頭。
此外還有一件事：目前除了王迅之外，誰也不知道這個新跑陣是衛菱的構想，大家都以為只是王迅一時的念頭。衛菱在球隊裡的地位，半點沒有改變。
看見衛菱的情緒一下子冷卻下來，王迅有點不忍，從麻辣湯裡撈起一塊燙好的牛肉，放進她碗裡。
「不要沮喪嘛。至少已經有個開始。」
得到王迅鼓勵，衛菱的臉重新放鬆開來，朝他微笑。
——對啊。今天至少已經證明了，我的想法是對的。
——就算沒有人知道也不打緊，我自己知道。
她恢復精神，也就全速開動吃起來。
看見衛菱這副熟悉的吃相，王迅放心了。
兩人用餐時有的沒的地閒聊著，餐廳牆上的時鐘，不經不覺就跳過了凌晨一點，他們卻半點不覺疲倦。

「你不是6.1嗎？」

他們正談得興高采烈時，有人經過餐桌這麼呼喚。

王迅別過頭去看，是個穿著名貴西服卻把襯衫鈕釦打開、在深夜的室內也架著茶色太陽眼鏡的男人，赫然正是南曜隊的贊助商、Realer遊戲社長林霄。

Realer在南曜隊裡雖然沒有任何實質控制權，但以贊助規模來說，幾乎就等於球隊的半個老闆。王迅和衛菱絕沒想到，在「滾滾來」這種廉價食店，會遇上這位年輕暴富的社長。他們驚訝得瞪著眼，連忙站起來打招呼。

王迅看見林霄身邊還跟著兩個人，一個是不知在哪本時裝雜誌封面見過的漂亮女模；另一個是身材橫壯的黑人，一眼就看得出是保鏢。這樣的組合，本來應該在高級夜總會或飯店酒吧才會出現，跟這裡四處飄溢的麻辣氣味有點格格不入。

「別這樣嘛……」林霄苦笑，用手勢示意王迅和衛菱坐下來。他似乎無意介紹同行的伴侶和保鏢，只是不客氣地一屁股坐在衛菱身旁，搞得她非常緊張。

林霄沒看衛菱，只是指著王迅大笑：「6.1，是吧？我記憶人名的能力不太好，可是對數字很敏感。」

6.1是王迅在大學第四年的場均得分。林霄只在新人入隊的發佈會上見過王迅一次，當時現場有讀出王迅的個人數據，林霄就是在那個時候記住的。

「我叫……王迅。」

他心裡有點不爽。大學最後一年，王迅最自豪的數據其實是每場平均盜球1.9次。他寧可對方用這個數字來稱呼他。

「好。我會嘗試記著。」林霄輕佻地笑說。

「怎麼樣？剛剛練完球嗎？下個星期我們能贏吧？不可以一直輸下去

啊！不過我不太懂籃球啦，所以你問我要怎麼做才能夠贏我也不知道，哈哈！我倒是很想來現場看看你們打球，但是先前都抽不出時間來——你也知道吧，我們的《死靈戰隊》公開測試快要完結，有很多工作我要親自監察。不過呢，我討厭開會，所以就要逐一去指導工程師——對了，你有在玩《死靈》嗎？喜歡玩手機遊戲嗎？我可以叫員工給你送些厲害的裝備和寶石……」

他說話快得就像機關槍連發，而且話題不斷跳躍，沒等王迅來得及回應又跳到下一件事，王迅根本半句都答不上，像個傻瓜般一直聽著。

——這傢伙好奇怪……

衛菱看著林霄這種神經質的奇怪說話模式，倒是覺得有趣得很，在旁忍不住笑起來。林霄這才注意到她。

「這是你的女朋友嗎？等到這麼晚陪你吃飯，真的不錯呀。不過『滾滾來』是通宵營業的，所以沒關係吧。我每個月也會來一、兩次，因為懷念以前的日子。從前埋頭寫程式，寫到吃飯也幾乎忘記，停下來的時候就連工作了多久都記不清楚，每次想也不想就直接來這裡，反正甚麼時間都營業嘛，座位也好找，最重要是不貴——那時候我一口氣寫了五個手機遊戲，全部都不賣錢，口袋乾癟癟的，這裡任點任吃，一頓飯可以當兩頓。到現在我還是很懷念那種瘋狂日子呢。」

「我不是他女朋友。」衛菱好不容易等到林霄的說話停頓下來，才能夠插口解釋。「我是籃球隊的訓練員。只是你沒有見過我。」

林霄聽見，把身體挪向衛菱，托高太陽眼鏡露出雙眼，好奇地打量著她。

「真的？」

「真的。」衛菱點點頭。她這時才發現，林霄藏在太陽鏡後的眼睛，原來蠻好看的。

林霄也點頭，戴回眼鏡，卻完全不說話了，好像在默默想著甚麼。這跟剛才滔滔不絕的狀態簡直兩極。

衛菱想：這傢伙當初是靠著獨自寫程式和創作遊戲而成功的，當然是個怪人。

那漂亮的模特兒一直站在飯桌旁，已經一臉不耐煩，但是林霄完全沒有理會她。

他似乎已經太快將所有可以聊的事情都說光了，現在對著王迅和衛菱再沒甚麼好說，突然就站起來道別。

「下星期要贏啊。」林霄走之前，向王迅遙遙伸出拳頭。女模和保鏢跟在他後面離開。

衛菱凝視林霄的背影。她回想這傢伙剛才表現出的古怪性格，想起今晚王迅在對抗練習裡豁出去的事。

——輪到我了。

衛菱咬著唇，下定了決心，離座向林霄追過去。

「林社長！我有事情要跟你談！」

王迅呆住了，看見遠處的林霄果然停了下來跟衛菱談話。衛菱說得手舞足蹈，像有甚麼最新的冒險遊戲概念要向林霄推銷。

林霄笑著點點頭，揮手示意衛菱跟他走。

衛菱折返回來，拿起擱在椅上的運動帽和背囊。

「我要上他的公司談。今晚多謝啦！」衛菱笑著伸手摸摸王迅的辮髮說，然後就離開了，跟林霄三人步出「滾滾來」。王迅根本沒有機會問她到底是要談甚麼。

驀然對著一張空桌，王迅有點落寞。他只好舉筷去吃剩下的東西。

第四章

« Chapter 4

疾走
RUN

1

十天之後，星期五的晚上。

南曜電機本季首次對抗夏美精工。

夏美的母公司專門生產精密工業用部件，旗下籃球隊的歷史雖然不及南曜悠久，也已經成立了接近三十年，是本地籃壇的老牌名隊；他們這十幾年的戰績更是遠較南曜為佳，一直能夠保持在最頂級的「都會職籃聯盟」裡角逐。

但是從三、四年前開始，本地工業出現萎縮，令夏美精工的盈利持續下跌，連帶也削減了公司對籃球隊的投資額；夏美隊成績逐步下滑，變成「都球」中的弱旅，只能夠在聯盟下游掙扎浮沉。

直到上一季，由於球星受傷等等連串打擊，夏美的戰績繼續滑落，最終跌落「都球」榜末而結束球季，被降級為「AAA聯賽」隊伍。

掉落到商業價值相距甚遠的次級聯賽，夏美精工的企業管理層方才醒覺是非常大的損失。他們可不想從此失去公司一項穩定財源，因此決心要在今個球季就馬上贏取「AAA」冠軍，讓球隊重返「Metro Ball」。

為了這個目標，夏美不但沒有因為降級而削減資源，反而花錢保住原來主力球星，再補進一位厲害的外籍援將，強化原有陣容。

——這其實是一場不小的賭博：「AAA」球隊的票房、媒體轉播權利金和周邊產品收入，跟「都球」相比少得可憐，而夏美卻在維持著一支規格及陣容與「都球」同級的全職業隊，這個球季肯定錄得大額虧損，萬一無法如願重新打進「Metro Ball」，一切都將血本無歸。

夏美隊正是以這種背城借一的飢餓姿態，開季至今八場全勝，已經成為本屆「AAA」總冠軍的超級大熱門。

由於夏美精工才剛剛降班，依然累積著大群「都球」時代的忠實球迷；而今夜他們的對手南曜隊，則擁有本季名氣新人龍健一。再加上這個週五晚湊巧沒有任何「都球」賽事舉行，因此這場比賽所受的關注，遠遠超過一般「AAA」球賽。聯賽主辦方也特意把這場球搬到規模較大、設施較新的「南濱體育館」上演，還安排了《Sports Bites》的網路電視頻道做全程直播。

人們預測，這將是本屆「AAA聯賽」常規賽季裡，最多人觀看的一場球賽。

● ● ● ● ◉

王迅下班之後，跟關星陽等一班同是南曜電機員工的隊友集合，匆匆坐上公司提供的旅遊車，趕赴「南濱體育館」去。

同車還有十幾個由公司指派來擔任打氣團的男女員工。裡面正好就包括了王迅的上司甘大榮主任，與及幾個市場部的同組同事。

「王迅，蘇順文，你們今晚要加油呀！」同事揮舞著打氣用具，在旅遊車後排呼喚。

兩人帶點尷尬地站起來，往後面點頭致謝。

矮胖的甘主任並沒有加入呼喊。他只是交疊雙臂坐著，木無表情，很明顯覺得這種額外的加班毫無意義。

距離開賽只剩不足兩小時。王迅他們這些「上班族球員」，連預早吃晚餐的餘裕都沒有。不過他們早就習慣這麼時間緊迫的比賽日，預先已經在辦公室裡偷偷吃一些營養能量棒，現在再趁著車程途中吃一點容易消化的食物補充。

王迅一如往常的習慣，選擇了吃香蕉。平時衛菱總是借這個機會取笑他是猴子。

可是現在他卻沒聽見她的聲音。

就像過往每次出發去比賽，衛菱今天也是跟康明斯教練坐在旅遊車的最前排。她的打扮卻與過去截然不同：運動裝和鴨舌帽都不見了，代之以一襲修身剪裁的黑色行政套裝，即使仍然只簡單地束著烏亮馬尾，整個人的氣質卻已完全改變了。

衛菱沒有說話，神色凝重地拿著平板電腦低頭查看資料和做筆記，為今晚的比賽作準備。

在她身旁的另一排座位，坐著個只得二十歲的年輕人，身穿南曜電機的運動裝，小心翼翼地抱著裝有攝錄器材的大袋。他叫Jerry謝志寧，剛剛才在球隊上了班三天，是新任的訓練員，接替了衛菱原來的位置。

南曜電機的管理層在四日前，向球隊發出了告示：衛菱從這場比賽開始，升任為助理教練。

眾球員對這個消息的宣佈方式都感到很奇怪。正常來說，新助教應該是由主教練聘用，並親自向隊員宣佈的，而不是由母企業負責指派或擢升。

南曜隊本季一直都沒有助教。以前球隊要節省開支還不算奇怪，但今季明明說好以爭冠為目標，至今卻都只由康明斯單獨帶隊，跟別的球隊相比實在有些不足；而康明斯本人亦一直拖延著，不願意聘用助手。

——現在卻由公司那邊宣佈這件事……

對於衛菱升職，球員們並不反感——她本來就一直兼負著許多助教工作，每個人都看得出她有多努力。

但是這件事情實在發生得太過突然，也太過古怪。

只有王迅比其他人更早知道這件事。

就在衛菱跟著林霄離開「滾滾來」的隔天，王迅在工作中收到她的短訊：

「**我當上助教了。不過先別告訴別人。**」

當時王迅看了很興奮，馬上回覆她：「**恭喜！！！要不要吃飯慶祝？這次你請！！！**」

結果他等了幾乎兩小時，才得到衛菱的回答：「很多事情要做。之後再說。**謝謝。一定請你。**」

接著幾次練習，他遇見衛菱都想問她：這升職到底是怎麼回事？她那夜跟林霄說了甚麼？去了哪裡？……

可是王迅始終找不到合適的開口機會，也感覺到她似乎不太想說。

先前的個多月裡，王迅跟衛菱私下雖然成為了好朋友，但是在練球和比賽的公開場合，兩人都會保持距離，以免招來誤會和閒話，或者令教練康明斯不高興；所以這個星期衛菱即使在練習時不太跟王迅說話，跟以前好像沒有甚麼大分別。

但是王迅確實感覺到有甚麼改變了。衛菱跟自己之間，好像多了一層薄薄的、說不出的隔閡……

王迅從座位伸著頭，心不在焉地嚼著香蕉，一直偷看工作中的衛菱。

「南濱體育館」是市內規模僅次於「星空巨蛋」的籃球場館。有部分的「都球」賽事，還有「AAA聯盟」的季後賽，都會在這裡舉行。

王迅仰著頭觀看場館上方。那廣大的空間感和氣勢，比他從前曾經作賽的任何一座球場都要懾人。

——雖然王迅曾經在更大的「星空巨蛋」看過球，但是坐在觀眾席上，跟站在球場中間的感覺，是完全無法相比的。

穿著藍色戰衣的他，從更衣室通道走出來，踏上明亮的木板地，沐浴在無數燈光下，頓時心跳加速。可容納七千人的觀眾席，此刻雖然只得一半入座，卻已令他十分緊張。

球場到處鋪天蓋地都是Realer大熱手機遊戲的廣告物品。這是南曜電機隊難得的一場高曝光賽事，林霄絕不放過這個宣傳機會。各處都有他僱用的cosplayers，扮演著全副武裝臉塗迷彩的特種兵、身穿發光盔甲的奇幻世界戰士、曲線誇張衣著性感的太空女海盜……觀眾席的欄杆豎起一個個巨型的虛擬角色紙板，比場上那些正在準備比賽的籃球員還要高。

不用上班的龍健一、葉山虎和大衛．梅耶斯當然早就到場，並且已經做完暖身運動，正在練習投籃。至於方宙航，平日比賽都是在最後時刻才會出現，現在看不見他，王迅並沒感到奇怪。

關星陽拍拍手，帶領所有南曜的「上班族球員」做各種動態伸展（Dynamic Stretching）運動。

「你們太遲了！」葉山虎上前說，額上擱著一副淡橘色鏡片的比賽專用護目鏡。

陳競羽一邊伸展大腿肌肉，一邊心裡嘀咕：不必定時上班的人，自然說得出風涼話。我們可是拖著工作後的疲累身心來比賽的啊！

葉山虎大力拍拍王迅的肩。

「快點習慣這個場地！我沒有多餘的時間等你！」

葉山虎的說話語氣雖然像在催促責備，但王迅聽得出他真正的意思：

——今晚我們要上演一場好戲！

王迅點點頭回應。他在暖身的同時，不斷瞧向另一半的球場。穿著紅色球衣的夏美精工隊員都在做投籃練習，他們所有人都是全職打球，因此比南曜隊員早到了許多。

在王迅眼中，夏美球員舉手投足間，都散發著強烈的自信。那些上籃的奔跑跳躍動作，輕鬆得好像雙腿裡裝了彈簧。

這毫不令人意外。夏美的大部分隊員，去年還在跟東泰銀行、龍藝社甚至森川重工等「都球」強豪對抗，就算敗多勝少，仍然是一個跟「AAA聯賽」截然不同的世界。

——在這裡，每一場球都是我們囊中物。輸球是絕對不可接受的事。

王迅彷彿從夏美球員的動作裡，「聽」到他們作出這樣宣告。他有股緊張得快要反胃的感覺。

夏美精工裡，三個球員格外引人注目。

身材最高的是中鋒雷洪拔，他是本地華裔球員少有的巨漢，6呎10吋（208公分）的身長，比梅耶斯還要高，雖然移動力稍遜，年紀也踏進了三十二歲，卻以身體厚度和奇長的臂展補足，又擁有穩定的中距離跳投，不論在攻防兩端，都是巨大的存在。

第二個，外號「麒麟兒」的辛三麟，最有名的是防守功夫和跳躍力。以他只得6呎2吋（188公分）的身高，在「都球」正常都只能夠擔當後衛位置，他卻一直打小前鋒，而且表現非常出色。身體裡有著台灣原住民血統的辛三麟，靠著極強的移動力和彈跳力，常常能守住比自己高大一截的敵人，兼且是衝搶籃板球的好手。他一身蜜糖色的皮膚，又長著一雙大眼睛，外貌就像永遠不知疲倦為何物的大男孩——雖然實際上今年已經廿七歲。

他們兩人，都是上季仍為夏美精工在「Metro Ball」裡拚搏的核心人物。

至於第三個，則是夏美今季特別聘來的外籍強援，也是王迅此刻最留意的一人。

只見那膚色黝黑的身影左右晃擺，然後拔起後仰跳投，籃球仍飛向高點之時，已經令人感覺會進框。

——這種進攻動作，跟方宙航實在有幾分相似。

他是來自美國南加州的得分手森姆．昆霆（Sam Quentin），四年前還在NBA的發展聯盟打滾，差一步就能夠攀到籃球世界的最高舞台，結果還是放棄了，轉而出國賺取更豐厚的球酬。

「AAA聯賽」跟「都球」一樣，每支球隊有一個可聘用非本地援將的名額。多數球隊會像南曜電機僱用梅耶斯那樣，找一個身材力量較優越的低位悍將來鞏固籃底；夏美精工卻少有地招來身材不高的後衛昆霆，加強球隊一向較弱的進攻端。

——夏美所以有條件把外援名額用在後衛上，是因為他們本來就擁有雷洪拔這位本土巨人，才可以做這種靈活的選擇。

昆霆是目前「AAA」的得分王，場均砍下37.4分之多，根本就是「Metro Ball」正選SG（得分後衛）的水平。到目前為止，夏美面對過的八支球隊，沒有一隊能夠壓抑昆霆的火力。

而他此刻的身體語言，正在告訴四周所有人：**今晚也將一樣。**

夏美精工的管理層已經打算：下季如果順利重返「都球」，他們將會繼續用昆霆為核心去重整球隊——一個能夠每晚製造無數精華鏡頭的爆炸性得分高手，將大大提升球隊在媒體和網路上的人氣，額外具有市場價值。

方宙航這時候才從更衣室出來，一貫懶洋洋地戴上彈性臂袖。

王迅看看他，又看看昆霆。這兩個球員，足以上演一場激烈的射手對決。

——假如是以前那個方宙航。

昆霆也瞧著這剛進場的對手。他有聽隊友提及過關於這傢伙的事，好像說是本地籃球界從前的「戰神」。昆霆盯著方宙航笑起來，露出皓白的牙齒。

——**「戰神」這個外號不錯。Great。今天我就把它搶過來。**

王迅知道這個時候自己應該更集中精神，也就不再去看敵隊。他接到球準備投出，卻留意到站在板凳區的衛菱。

她正在專心觀看夏美球員的投籃練習，密切注視著每一個敵人的動作與神態，從中尋找任何最細微的可乘之隙。

王迅心裡不得不說：衛菱本來就比一般女孩高大的身材，穿著這襲黑色套裝，認真地工作著的這副姿態，真的又英氣又好看。他一時移不開眼睛。

衛菱察覺了，把視線轉過來，向王迅露出一個短暫的笑容——一種只有在「滾滾來」麻辣鍋店裡才會展現的笑容。

她遙遙用嘴形，無聲對他說了一個字。

王迅看得出她在說甚麼：

RUN。

2

時鐘倒數剩下00:07。關星陽從禁區頂向右低身運球，急衝了兩步，稍稍擺脫防守者，才能夠將籃球傳到方宙航手裡。

夏美精工的所有人都知道，這種時刻，南曜隊必定交由方宙航出手。知道是一回事。擋不擋得下來是另一回事。

負責防守方宙航的，正是夏美隊的外線大鎖、最以防守力自豪的辛三麟。站在他稍後方的還有大前鋒紀雲，隨時準備填補夾擊。

辛三麟擴張身體，面對持球將要攻過來的方宙航，神情無比專注。

這並非他們第一次交手。從前兩人曾經同在「都球」的舞台上。不過那個時候，年輕的辛三麟還沒有完全成熟，並未成為正選球員，與方宙航只有幾次短暫的對碰；到他真正冒起成為受注目的防守專家，並且獲得「麒麟兒」這個稱號，是在兩年之前，正是方宙航失意離開「都球」的時候。

有機會守方宙航，是球隊掉落到「AAA聯賽」之後，辛三麟唯一期待的事情。

——要讓他知道我今天的實力。

00:05。方宙航臉上無一絲表情，就像撲克牌上的老K。辛三麟不知道對方是否還記得自己。

——沒關係。今晚之後，他就會記得。

辛三麟在等待方宙航發動，準備迎接那著名的多變進攻技。

但是方宙航雙手拿著球，一時未有任何動作。辛三麟有點意外。

沒有動作也是一種假動作。

方宙航緊接就毫不猶豫地原地拔起，跳投。

——在以跳躍力著名的辛三麟面前。

被騙的辛三麟，雙足就像被黏在地板上，再反應起跳已經來不及。籃球脫離方宙航指尖，越過辛三麟勉強伸高的手。

時鐘跳到00:01同時，皮球穿過網心。

辛三麟回頭看見這球準確命中了，有點沮喪地瞧向方宙航。可是方宙航早就回身，走向南曜的板凳。

第一節完結。「南濱體育館」內的觀眾呼聲沸騰。

電子計分板跳動，為南曜加上2分。

即使如此，夏美精工仍然領先7分。31-24。

方宙航第一個返回板凳區，重重地坐在折椅上，渾身都是豆大的汗珠，不斷喘著氣。年輕的新訓練員Jerry慌忙把水瓶和毛巾遞到他面前。

他首節拿了13分，佔全隊得分的大半。今夜方宙航開局的投籃手感，比本季任何一場都好。

可是仍然不夠。

相比之下，森姆·昆霆見面更勝聞名，已經快速砍下了17分。

昆霆坐在夏美精工的板凳區裡，神態悠閒地喝著運動飲料，跟疲倦的方宙航形成很大對比。

「It's too easy.」昆霆臉上就像這樣寫著。

康明斯本來指派了葉山虎去專責緊盯昆霆，但是夏美十分善於利用昆霆的單打能力，經常使用高位單擋迫使南曜換人防守，通常的目標都是造成由關星陽守昆霆。關星陽的橫移速度實在不足，這種攻守錯配之下，昆霆就像個野孩子闖進了糖果廠，愛怎麼吃就怎麼吃。

整節都坐在場邊的王迅，密切觀察著昆霆打球的方式。就連他這個方宙航資深球迷都不得不承認：昆霆具爆炸性又多變的進攻火力，確實令人聯想起全盛期的「戰神」方宙航：那詭奇的運球過人技能、無法捉摸的快疾急停跳投、切入拋投或勾射（註1）的特異手感與把握力……不止是取分，而且取得漂亮。他每次進球，都令「南濱體育館」七千觀眾發出轟然呼叫。

「這張票真是超值呀……就像在看『Metro Ball』一樣！」有球迷在席上感歎。

「昆霆的身材還要壯一點……我看，他比高峰時期的方宙航更厲害呢！」另一個觀客喝著啤酒說。

正好附近就坐著那群長期捧場的方宙航死忠球迷，他們聽見這種高談闊論，心裡大大不認同，但是眼前的比分又令他們難以反駁，只能強忍著不作聲，一臉不服氣。

---

① **急停跳投**（Pull Up Jumper），在運球行進途中，突然煞停並起跳投球。勾射（Hook Shot），從身體的側面單手舉臂拋投，由於有身軀和另一隻手掩護著，令對方難以封蓋。

第一節的中段，康明斯曾經嘗試變招，指示隊員用雙人包夾對付昆霆，但卻反而招來災難。夏美精工的控球後衛徐兆凱就跟關星陽一樣，是個甚穩健的定位三分射手，而昆霆一吸引到南曜的二名防守者撲過來，就會毫不猶豫把球傳給空檔大開的他，給予南曜更痛苦的懲罰。康明斯若非及時取消包夾戰術，現在南曜電機已然落後雙位數。

關星陽雖然成了被昆霆屢屢攻擊的弱點，但康明斯無法把他換下來，因為南曜同樣需要他的三分球能力拉開空間，讓方宙航發揮火力。不是有方宙航單騎砍殺，抵消了昆霆誇張的得分，南曜同樣難以支撐。

「繼續盡力為小方做阻擋，給他製造更多出手空間！」康明斯向葉山虎和梅耶斯下達了第二節的指令。龍健一則負責盡量搶進攻籃板，增加二次出手的機會。

康明斯說著時，眼睛瞄向球場上方高處的ＶＩＰ包廂。他看見玻璃窗後出現幾個身影，其中包括了白曦樺和林霄。

這是兩人今季首次來臨現場觀看南曜電機的球賽，而且是林霄提出的。

「我想看看宣傳效果。」他其實沒有要求白曦樺一起看球，但白曦樺想乘機取悅他，也就跟著來了。

他們在第一節只餘大約３分鐘時才到場。看見南曜落後的比數，白曦樺緊皺眉頭。林霄卻不以為意，反倒是看著球場的熱鬧氣氛，不住在滿意點頭。

「原來現場看球是這麼有趣的……」他喃喃說，透過包廂的大玻璃窗，俯視著下方南曜隊的板凳——目光特別注視著衛菱。

——她這麼穿，確實很好看呢。Bingo。

眼利的白曦樺，當然留意到林霄的視線。顯然林霄不是來看甚麼「宣傳效果」，而是想看衛菱。

提拔衛菱當球隊助教，是林霄親自打電話向白曦樺提出的要求。這只是小事一件，白曦樺沒多問原因就配合了。此刻她俯視著下方漂亮的衛菱，更覺得不用猜林霄的理由了。她心裡只是奇怪，這兩人到底是怎麼認識的。

——沒關係。只要他開心，繼續付錢就好……

負責打氣的南曜電機員工，坐在板凳後的最前排觀眾席，此刻全都站起來，合力擊打著拍子呼喊：「Go South Star! Go South Star!」

甘大榮主任站在中間，雙手不斷揮舞，熱烈指揮著下屬一下一下整齊地叫口號。他得到同僚通知說，白總裁本人到了現場看球。一想到上面VIP包廂裡那雙眼睛可能正看著自己，甘主任不得不更投入打氣。

「再喊大聲一點！要表現出我們市場部的氣魄！氣魄呀！」甘主任叫著，套在上班服外的藍色打氣T-Shirt已經泛滿汗印。

葉山娜娜也在這些員工當中，穿著同樣的南曜打氣衣，只是他們給她的這件T-Shirt太大，她索性把下襬捲起來束在腰間，又將兩邊袖子捲到肩頭，看起來更是青春可愛。她努力跟著甘主任的指揮叫喊著。

在球場另一側，夏美精工的教練韓普，拿著戰術板向球員兇猛地吼叫。

「只領先這麼少？你們都在幹甚麼？對面是一群在『AAA』只得2勝6負的垃圾啊！不覺得難看的嗎？」

夏美球員早就習慣韓教練的叱喝，一個個只在靜靜喝水抹汗。

「第二節你們不把比數拉開20分以上，我就派二軍上場！反正都一樣！」

辛三麟遙遙看著敵隊板凳上的方宙航，仍在為剛才那記壓哨球而不甘心。

昆霆也在看著方宙航。剛才那球乾脆的跳投，連他也不得不佩服：表面看似簡單，但時機的掌握非常微妙，而且要求很高的膽色與集中力。

「他就是你常常提起那個『戰神』嗎？」昆霆拍拍辛三麟肩頭，繼續觀察著方宙航。「我看，他已經累了。」

他微笑起來又說：「教練在擔心甚麼？勝利很快就會確定。」

● ● ● ● ◉

第二節甫開打，關星陽就先來一個三分球突擊，把比數追近到4分。連同剛才方宙航的Buzzer Beater，似乎南曜隊的氣勢要捲上來了。

可是接著就是夏美精工狂風暴浪般的攻勢。

夏美正選五人完全沒有休息，這節韓普教練更指示球隊改由昆霆控球，策動每次攻勢。昆霆是個任何時刻持球都令對手感到危險的得分手，由他打ＰＧ位置，南曜幾乎每一秒都無法放鬆。

對方維持著先發陣，康明斯教練也無法做太大調動，只是為了保存方宙航的體力，而派出近期投籃手風不錯的陳競羽暫代他，希望帶來奇蹟。

但這完全沒有關係。夏美的真正攻擊力，此時展現出來了。

他們繼續用擋切戰術製造錯配防守（註2），讓昆霆去攻打關星陽。南曜則改變策略，在夏美擋人的一刻，陳競羽就提早上前夾擊填補，先一步封鎖他活動和傳球的範圍。

夏美的中鋒雷洪拔卻走出了禁區外，接應昆霆的傳球，馬上投出16呎的中距離球。梅耶斯不擅長守這麼遠，只在一步之外盡力舉手遮擋，雷洪拔那足尖不離地的「跳」投輕鬆就進了框。

---

② **錯配防守**（Mismatch），是進攻方利用戰術（例如阻擋），令對方以一個不適合的防守者，防禦己方得分手，造成針對攻擊的好機會。通常製造出的理想情況，是在外圍用快速球員單打緩慢的防守者，或是在籃下低位用高大球員強攻矮小的防守者。

下個攻勢幾乎完全一樣。陳競羽和關星陽雖然極力封鎖昆霆，但是以雷洪拔的身高和臂長，站到外圍的話昆霆實在太容易把球傳給他。這次在球場左側17呎遠斜角，又進一球。

兩個入球後，梅耶斯知道不可以再放任雷洪拔出手，下一球防守只好放棄籃底，果斷跑出去緊貼雷洪拔。

昆霆迅速就判斷出，不可以再傳給雷洪拔。他卻半點也不焦急，運著球向後撤。

用二人提早夾擊控球的昆霆，本來是個不錯的策略。但是關星陽和陳競羽的防守活力，卻不足以維持嚴密的包夾。昆霆一後退，他們不敢跟上太貼，怕被昆霆突然再前進做出個人突破，只是隔著一定的距離防備。

得到更多空間和視野的昆霆，眼角瞥見紅衣隊友奔跑的身影，突然一個長距離高球，傳向籃框附近！

衝刺躍起的是無人看管的辛三麟，半空接到這恰到好處的高傳，挺腰單手猛灌入框，扣下時籃框彈簧發出極響亮的聲音！

只有後衛身材的他，做出如此漂亮的空中接球灌籃（Alley-oop），全場觀眾都不禁起立驚歎！

葉山虎透過護目鏡看見這一球，只感到無奈。南曜用了雙人包夾昆霆後，葉山虎要獨自兼顧兩個敵人，在剛才那一刻，他只能選擇站在三分線外更具危險性的徐兆凱，卻沒想到辛三麟從後門（註3）切進來飛跳的速度，竟是這麼厲害。

——如果用那個快陣，我們也許還來得及協防補位……

他瞧向板凳區的王迅。王迅只能無奈對隊長搖搖頭。兩人心裡都在想著同樣的事。

在球場另一端，南曜電機沒有了方宙航，攻勢再次變得呆滯。昆霆雖然不是防守健將，但以他的本身速度和力量，干擾關星陽綽綽有餘，大大阻礙了他的三分冷箭和傳球節奏。

夏美隊知道這種情形下，龍健一必然是南曜進攻重心，也就以雷洪拔去防守他，辛三麟再適時來輔助夾擊。Ken面對這種防守，加上很遲才接到關星陽的傳球，出手空間和時間都很少，只有一球高難度的轉身後仰跳投能夠勉強命中。

南曜其餘的隊員裡，葉山虎和梅耶斯的單打攻擊力都很有限，因此只能靠陳競羽。

③ **後門切入**（Backdoor Cut），是攻擊球員從較接近底線的路線無球跑向籃框，接應傳球得分。由於往往都是從防守球員背後切入空位，突擊性非常高。

陳競羽本來就是心理韌度較遜色的球員。此刻在這座巨大場館裡打球，面對的還是聯賽榜首強敵，他心情非常緊張，因此根本投不出平日水準。四次出手全失，其中一次更投出了擦不到籃框的空氣球（Air Ball）……

看著計分板上分數差距漸漸被拉開，坐在包廂的白曦樺面容繃緊。

夏美下一球的攻勢，再次由昆霆策動。這次南曜的防守做得比較好，成功迫使他將球傳給無甚進攻能力的大前鋒紀雲。

但是這時陳競羽還在想著自己差勁的投球，一時分了心，就被昆霆迅速越過奔向球籃。

紀雲準確的彈地傳送，把球交到沒有絲毫減速的昆霆手上。

龍健一放棄紀雲，從後追趕將要躍起的昆霆！

昆霆如有後眼，知道龍健一的意圖，就先橫向小跳一步才往上躍，用背項保護著球並改用左手上籃，令Ken難以封阻，這個瞬間變換的動作，十分美妙。

龍健一的反應卻也極快，人在空中胸腹收縮，躲開了與昆霆後背的接觸，左臂如橡膠一樣延伸，準確封鎖了昆霆出手的角度！

——甚麼？……

但昆霆畢竟職業經驗甚豐富，在這個關頭右臂伸直橫揮，和Ken製造碰觸，再大聲叫起來。

球被龍健一封去。但在他著地後，裁判吹起了哨音。

昆霆露出狡黠的笑容。然後很冷靜地投進兩顆罰球。

——小子，你也蠻厲害的。只是還太嫩。

Ken一語不發地看著。

39-26。夏美在不足3分鐘內，四次進攻全部成功，優勢拉到13分。

哨音再次響起。方宙航上場了。

——康明斯斷定，現在再不靠他上場止血，這場球就會提早結束。

觀眾席上那幾十個捧了方宙航多年的鐵桿球迷，此刻忍不住齊聲高叫：

「Heart and Soul！Heart and Soul！」

——「心魂Heart and Soul」，是方宙航個人的專屬打氣口號。

方宙航拋去毛巾，整理一下球褲，展露出平常的慵懶神情，乘著這股聲勢再度登場。

彷彿即將要重演往昔的輝煌。

南曜電機
7

場館裡的高漲氣氛，出乎白曦樺的想像。

南曜籃球隊，在她眼中只是公司的附屬物，是她不情不願地從父親手上接收的麻煩東西。繼任總裁以來，她一直在思考怎樣解決這麻煩，也曾經考慮過要把球隊廢除；直到找到Realer贊助，她才打消這個念頭。

可是此刻坐在包廂裡，白曦樺感覺自己的心跳，正在不由自主地加速。

她助手帶來的那部手提電腦，屏幕上正放著球賽的免費網路直播。同時觀看的用戶數目已經超過4,500。這遠超一般「AAA聯賽」的收看數字。

「還有很多網路媒體，正在即時發佈這場球的消息呢……」

助手同時掃著兩部手機查看著說。他看的幾個頁面，包括了極受歡迎的《10 FEET》籃球網誌，讀者留言和轉載數字正在不斷上升中。

南曜電機和Realer因為這場球，得到這麼廣泛的曝光，白曦樺當然樂見。可是另一方面她又很擔心，南曜隊若在這麼多人眼前大比數慘敗，將會成為網路上的笑柄，對企業形象帶來負面影響。

她以帶著怨恨的目光，俯視下方的康明斯教練。

——你們可以爭氣一點嗎？……

林霄在旁看著白曦樺，微微一笑。

「怎麼了？」白曦樺察覺他看著自己，撥一撥耳邊的頭髮問。
「沒甚麼。」林霄搖搖頭，簡短地回答。
跟在「滾滾來」那時候相比，林霄對著白曦樺，從來沒用過那種連珠炮發的說話方式，相反非常寡言。
那種「連環炮」，他只有對著自己認為可信的人，或是公司裡脈動一致的遊戲設計師和程式員才會釋放，它代表著一種信任，因為那是最真實的他。
而白曦樺，目前對林霄來說只是個生意夥伴。因此他控制著自己，不在她眼前露出那一面。
不過林霄仍然忍不住，不時用眼角偷瞄白曦樺，心裡想：
——她緊張和不快時的模樣，總是特別吸引……

● ● ● ● ◉

隔壁另一間VIP包廂裡，超級經理人莫世聞跟白曦樺一樣緊張，但他關心的只有龍健一。
「Ken的數據目前如何？」莫世聞問坐在身旁的助理孫澈。
孫澈雖然有把數字默記在心，但還是查看手機確認多一次才回答：「只得4分。4個籃板球，1個是攻擊籃板。另外有1次助攻和1個封阻。沒有失誤。1次犯規。」

莫世聞歎息搖頭。這樣的數字，距離他的期望甚遠。

為了替龍健一物色新隊伍，莫世聞簡直出盡渾身解數。但是他需要談判的籌碼：龍健一必須打出明星級的亮麗數據。

——至少一次就足夠……

就像在之前的比賽裡一樣，Ken今晚的表現仍算穩健，但是在這個陣容體系裡，根本無法盡情發揮。

現在方宙航再度上場了，這段時間南曜隊的得分重心必然不會是龍健一。

莫世聞感到更失望。

「你這廢物酒鬼，不要阻著Ken表演！這場球吸引了這麼多人看，是難得的機會呀！……」莫世聞自言自語地說。

孫澈聽著有點訝異。方宙航從初出道開始，一直到高峰期結束，經理人正是莫世聞，更曾經是「S&Y運動經紀公司」旗下最會生金蛋的一頭鵝。那時候孫澈尚未加入公司。

但現在莫世聞的語氣，卻顯得對過去手裡的金童全無感情，只剩下厭惡。

這令孫澈不禁回想起，龍健一向他提出的建議。

——「我需要一個可以相信的人」……

方宙航上場同時，夏美精工的韓普教練就把中鋒雷洪拔、大前鋒紀雲和控衛徐兆凱一起撤下來，各換上較年輕有活力的後備。

沒有了雷洪拔這個巨人鎮住中路，南曜的籃下優勢將大增。但是現在韓普寧願犧牲這一點，也要提升防守的移動速度。

「要令方宙航每次進攻，最少擺脫兩個人才能夠出手。」韓普透過上場的球員，向辛三麟傳達指示。辛三麟馬上就明白教練的用意。

南曜隊方面，控衛關星陽畢竟年紀較大，這時需要下場休息，由郭佑達取代。郭佑達踏進球場時並沒覺得特別緊張——因為他知道，此刻自己在進攻端沒有甚麼工作，唯一責任就是把球帶上前場，傳給方宙航。

方宙航在左邊三分線外接到郭佑達的球，再次以獵豹待奔之勢，面對著防守他的辛三麟。

辛三麟黝黑的臉繃緊，輪廓堅硬得像鐵，一雙大眼睛盯著方宙航的身姿舉動。

——來吧。看你還能夠突破我多少次！

辛三麟比先前更貼近方宙航，令他無法原地出手投籃。但是在一對一防守裡，越貼近就越容易被攻擊者帶球切過。

果然，方宙航就像極敏銳的肉食猛獸，一感覺到辛三麟迫近，馬上往左邊大力運球，跨步衝了過去，瞬間超越到辛三麟身側！

辛三麟的防守已經被攻破，但他沒有就此放棄，兩條健腿仍然全力交叉橫移追過去。這雖然補救不了防線，卻壓迫得方宙航必須往球場左側再多衝一大步，才能夠完全擺脫他。

——高速切入時多跨一步，就要多消耗一點體能。那效果不會立時看見，卻會一直累積。

——這就是韓普要求辛三麟做的事情。

方宙航越過辛三麟的防衛，眼角卻瞥見一個紅色身影從右側閃過來。是剛剛換上場的夏美後備中鋒李迪安。他比正選大前輩雷洪拔矮了足足4吋，但是動作速度卻比較輕快，此時他撇下本來守著的梅耶斯，補上來阻止方宙航切往籃框的通路。

方宙航只瞥一眼就判斷到李迪安的動作，他幾乎不用思考，身體乘勢突然變換動作，先右後左兩足以「Z」字母般的路線跨跳，一記歐洲步（Euro-step）險險擦身閃過李迪安；他左腳起跳時身體已然扭曲得不自然，右手卻仍然能夠巧妙地向上舉球，運用腕指柔韌的發力，從距離球籃約6呎處，高高向上拋放。

籃球如一點雨滴，輕輕墮進圓框。

「我的天！」在包廂裡林霄從沙發彈起來，抱著頭高叫。

就連從來不是籃球迷的白曦樺，都被方宙航這神奇的動作震撼。從猛衝變化成輕巧歐洲步的一剎那，方宙航身體的重量就像平空消失了——猶如他的名字一樣，彷彿突然進入無重的宇宙。那感覺就像看見了違反物理的奇蹟，但這景象明明就活生生在眼前上演。

白曦樺突然有種感悟，明白為甚麼人們會這麼喜歡看籃球。

——包括了爸爸……

下面的王迅也被震撼得從板凳站起來，張大嘴巴無話可說。

先前那八場比賽，方宙航從來沒有做出過這種水準的動作。

——這完全是他在「都球」高峰時代的表現。

「看著！」康明斯教練同時高叫。

只見場上夏美的球員，完全沒有被方宙航這神技影響集中力。李迪安木無表情地盡快撿球跑出底線開出，辛三麟接到後又極快傳給已經越過中場線的昆霆。

郭佑達剛才看呆了，根本沒有跟著昆霆，察覺時早就被他拋在身後幾步。

只有龍健一和葉山虎沒有鬆懈，防守著這個快攻反擊。但是昆霆實在太快，在這麼空曠的前場，只靠兩個人實在難以封鎖他。昆霆在12呎距離，無人緊迫之下輕鬆一記跳投進籃。

入球後昆霆回到後場防守，並且向方宙航指一指上方的計分板。

他的意思是：球怎麼投進都好，一樣只有兩分。

方宙航卻看也不看昆霆，朝著再次帶球上來的郭佑達說：

「球給我。」

●●●●◉

球賽演變成方宙航與森姆．昆霆二人的搶分決鬥。

加入南曜隊這兩年多以來，方宙航從沒有像今夜這樣打球。他遇上敵隊一個跟自己相似的得分高手，顯然受到刺激，昔日的野獸模式完全開啟。相比先前第一節，方宙航現在的所有進攻動作都提升了一個檔次，接連以一人之力，撕破夏美精工的防線。

他的得分很快超越了20。

但是南曜與夏美兩隊的比分差距，卻一直沒有拉近。

因為昆霆的個人進攻也在同時爆發。兩人得分互相抵消。

相比起昆霆，方宙航每次投籃都費力得多，其中一個決定因素，就是辛三麟的強大防守力。南曜隊裡比較能夠抵禦昆霆的是葉山虎，但是論個人能力和技術質素，無法與「Metro Ball」級數的辛三麟相比，只靠他一個人，實在跟不上昆霆的腳步。

康明斯曾經仿效夏美的策略，試圖用阻擋掩護，將防守方宙航的對手換成較弱的球員；但是辛三麟的動力、意志及經驗都甚高，每次都能及時繞過掩護球員，追到方宙航面前，方宙航還是要不斷地強硬闖過辛三麟。

而他確實一次又一次地成功攻破。

辛三麟本來以為相隔了幾年，自己的防守功夫已經足夠剋制方宙航。但是從前那個差距依然存在。被連續地攻陷，辛三麟心裡沒可能不感到沮喪——他是在「都球」擁有名氣的防守專家，上季甚至只差少許票數就能入選全明星陣容，如今卻在一場「AAA」的球賽裡，不斷地被人打敗！

昆霆察覺出辛三麟的沮喪，在場上趁機走過去鼓勵他。

「不要緊。你的防守很快就會見效。我會繼續得分，支撐著這個優勢。」

辛三麟聽了，瞧向場邊的教練。韓普也向他投以肯定的眼神。

按著教練的指示，辛三麟刻意貼近防守方宙航：寧可讓方宙航花費氣力切過去，在籃下對付第二個防守者，也不給他空間做輕鬆的外圍遠投。

方宙航已經連續擊敗了辛三麟五次。每次再交鋒，他都只是冷冷看著辛三麟，沒有說甚麼挑釁的話——方宙航打球從來都不向對手噴垃圾話（Trash Talk）。他只會用冷酷的表情和眼神告訴你：

——你跟我，不屬於同一個層次。

方宙航這種睥睨的眼神，比甚麼言語，都更能打擊對手的意志。

但辛三麟集中精神堅持著。

把這一切都看在眼內的衛菱，忍不住走到康明斯身邊。

「教練，是時候把方宙航換下來。對方是想——」

康明斯沒看她一眼，只是揮手打斷。

「現在不追上，下半場就不用打！」

衛菱只好閉上嘴巴，再次瞧向球場。

方宙航接到郭佑達的傳球，在三分線外擺出獵食猛獸般的三重威脅姿勢，向貼近過來的辛三麟，再一次展開進攻。

他用胯下運球向右晃個假身，準備誘騙辛三麟作出反應，然後從左邊突破；如果辛三麟及時補救，他就會再來一招拿手的急停，再視乎辛三麟的回應，決定原地跳投還是做另一次切入。

相近的招術，方宙航先前已經用過好幾次，全部都成功。辛三麟除了選擇哪種死法之外，毫無對策。

可是這一次，方宙航連續做了好幾個變化動作，辛三麟都能夠跟上，依然擋在他跟前。

——他……好像變快了？……

不。辛三麟的速度沒有改變。

是方宙航自己變慢了。

他用兩記頻密的換手運球，勉強製造出足夠的空間切過，左肩挨著辛三麟衝向籃框。夏美的第二個防守者還沒趕得及補位之前，方宙航就提早出手，隔著籃框大概9呎遠之處，做一個「騎馬射箭」式的跑投（Running Shot）。

然而他的魔法似乎耗光了。球落在鐵框左側再高高彈起，被夏美中鋒李迪安輕鬆接收。

——隨著體能消退，投籃的準繩就會下降。這是籃球最基本的定理，就算「戰神」方宙航也無法違抗。

下一次進攻，方宙航感到更加吃力。辛三麟已經看出他的動作慢了下來，完全恢復自信，那緊貼防守更加嚴密。方宙航不斷使出他的變換運球，仍然無路可進，好像碰上一道鐵壁。

兩人的立場漸漸對調了。

韓普看見這情況，馬上用手勢下達新指示：其他球員不再準備籃下補位，而是放心將方宙航交給辛三麟一人，反而全力阻斷方宙航與其他南曜球員間的傳球路線。別說是禁區邊上的龍健一，就連留在最外圍無甚威脅的郭佑達，他們都盡量干擾阻隔，防止他接到方宙航的傳球。

這迫使方宙航只能繼續單人強攻。

「Heart and Soul! Heart and Soul!」觀眾席上，方宙航的死忠球迷喊破了喉嚨。

但他卻完全聽不見。朝著辛三麟運球時，他張大著嘴巴喘氣。

看見對方這副缺氧的模樣，辛三麟就像嗅到血腥氣味的鯊魚。這時他身後再沒有夏美隊友做第二重支援，卻反而變得更大膽，多次伸腰探手，試圖抄走方宙航的球。這種無休止的壓迫，又令方宙航體力消耗得更快。

方宙航的眼瞳像蒙上了一層薄霧，焦點再不像平時那樣清晰。他很久沒有打得這麼辛苦。這兩年在南曜電機打球，方宙航總是在體力消耗到六、七成左右就會自行放棄離場。因為擁有特殊的地位和叫座力，康明斯一直都拿他沒辦法——總不可能罰方宙航坐冷板凳吧？

今天卻是他穿上南曜球衣以來，第一次嘗試出盡全力。比賽前方宙航自己也沒有想過要這樣做，只是突然進入了這種心理狀態。

遇上昆霆這位厲害對手，固然是一個原因；而夏美精工的實力水平相當於「都球」球隊，也令方宙航感覺像回到從前的熱血日子，不自覺就拚搏起來。

可是這些都不是全部的理由。

上個星期那次對抗練習，他目睹王迅等隊友，展示出令球隊脫胎換骨的快速戰陣，大大受到了刺激。

那一天，方宙航感覺得到：**「這支球隊可能將不再需要我……」**

而他要證明，這絕對不是事實。

因此今場比賽，方宙航從一開始就像猛虎出柙般全力砍分，不顧一切地追趕著昆霆。

可是現在他真切地感受到，自己的身體已經敗壞到甚麼程度。才打到第二節的03:23，中間還曾經休息過，他的手腳卻已經猶如纏上沉重的鐵鏈；心臟跳得好像要在胸口爆開來；頭顱彷彿脹大成兩倍；每一記呼吸，氣管和肺葉都像被火燒。

24秒進攻時限將滿前，他在辛三麟緊貼之下勉強做了個後仰跳投，這次球竟然連籃框都碰不到。

席上的方宙航球迷都沉默下來。他們從沒見過偶像現出如此醜態。

「教練……」衛菱在場邊再次提出。

「才兩球！他會自己調整！」康明斯呼喝著。

既然方宙航沒有如往常地自己要求下場，康明斯就相信他還有力氣剩下。

——或者說，康明斯想如此相信。他需要奇蹟。

另一邊，昆霆一個佯攻，巧妙傳給了籃底的李迪安輕鬆投進。兩隊差距繼續拉大。

再進攻時，郭佑達正在想該要怎樣改變策略，方宙航卻向他大吼：「再給我！」

郭佑達從未見過方宙航發出這樣的怒叫，頓時被唬著，不由自主又將球交給他。

方宙航雙手一觸球，立時就大力運球衝前，這次想靠著出其不意的突擊越過辛三麟。

但是無比專注的辛三麟，卻已經封住他的運球路線。方宙航退回來，再一次想靠運球技巧製造空隙，不斷左衝右突，可是都被辛三麟守死了。

這單對單進攻，本來是方宙航平生最擅長的克敵方式。現在的他卻像被困在囚籠。

方宙航感到，自己身為「都球」前名將的尊嚴，正在眾人目前被狠狠剝奪。

坐在板凳區看著這情景的王迅，心裡在痛。

進攻時限只餘3秒。他發動後撤步跳投。

人在半空，卻目睹一個陰影從上方掩來。

躍得高高的辛三麟，將方宙航投出的球，結結實實地蓋下。

辛三麟著地的一刻，盯著全無表情的方宙航。

就像先前方宙航冷冷看他的眼神一樣。

籃球向著南曜後場彈過去，夏美的後備控衛抓到了，獨自上前快攻，但葉山虎及時回防攔住。那後衛馬上把球傳給趕上來的昆霆。

前面有許多空間，本來是昆霆進攻的大好機會，他卻反而原地拿著球拖慢下來。南曜其餘的人都趕了回來，重新防守。

昆霆向隊友用眼神示意。他們都馬上理解，為昆霆做了幾次掩護，終於製造出由方宙航防守昆霆的配對。

昆霆帶點懶洋洋地左右手交替運球，看著面前呼吸重濁、臉色蒼白的方宙航。

方宙航過去雖然以鋒銳攻擊力揚名球壇，防守功力不太受注目，但也並非守端的弱者，即使他的身材和對抗力量經常遜於對手，但常常能夠憑著速度和觸覺補足；七年多前率領豐山堂隊打進「都球」總決賽那個巔峰球季，他的防守表現格外厲害，創造出場均2.2個抄截的高數據，成為當季的全聯盟盜球王。

然而當年那個方宙航早就不存在。此刻的他，雙腿沉重得像灌了混凝土，嘴巴貪婪地索要著氧氣，只靠著過往受過多年訓練的反應，勉強在昆霆面前擺出手腿大張的防守姿勢。

昆霆的運球加速，突然向右切，方宙航急移過去阻塞。但是昆霆只是做假動作，他的大手掌把好像要向前拍的球拉回來，後退半步稍一停頓佯作要跳投。

方宙航彷彿完全被他的動作控制，急忙回身想追上去。但是太過疲倦的雙腿一時失去了協調，他的左右腳互相絆了一下，乏力的身體再也無法支撐，向旁摔倒！

昆霆不急不忙地越過倒地的方宙航，無人防守下輕鬆來個中距離跳投。球脫手後他看也不看，就轉身往回走。

籃球穿過繩網的同時，昆霆大步跨過倒地的方宙航。

這一幕，令整個場館像爆炸開來。

王迅激動得站起，緊捏雙拳盯著場上的昆霆，目中透出猛烈怒火。

昆霆向四周觀眾揚起雙手，鼓勵所有人再喊得更大聲。

受到這種折辱的方宙航，像個死人般躺在球場地板上，臉龐毫無表情，只是仰看場館天花燦爛的射燈，眼睛猶如變得透明。

HAMI
6

4

昆霆跨過方宙航之後，一個穿著南曜電機隊藍色球衣的身影，猛衝到他面前。

是葉山虎。他挺胸頂著昆霆，把臉湊到對方鼻頭前只有幾公分的距離，暴怒大吼：「What the hell was that?（這算甚麼意思？）」

昆霆只是不耐煩地笑笑，側著頭雙手將葉山虎推開。兩人馬上陷入推撞糾纏。

王迅見了，立時想從板凳區衝出去。

他站起來還沒起步，旁邊的衛菱大呼：「不許動！」

南曜板凳上的眾人，都轉

過頭驚奇地瞧著她。衛菱從來沒在球隊裡這樣吼叫過，誰也想不到她的聲音可以這麼大，當中有一股懾服人心的威嚴。

王迅被這叫聲鎮住，登時站在原地沒有動。

——在這種糾紛裡，板凳球員絕對嚴禁走進球場，違反者會被裁判驅逐，不可再上場比賽，之後更有可能被罰停賽。

王迅瞧向衛菱。她神色凝重地看著他，眼神在對他說：

——忍耐。

——這場比賽需要你。

裁判急急吹響哨子，跟龍健一、辛三麟和場上幾個球員，把葉山虎與昆霆分隔了開來。昆霆只是攤開雙手苦笑，朝觀眾席作出無辜狀。葉山虎怒氣未息，大力把護目鏡摘了下來，狠狠盯著昆霆。郭佑達仍然攬著他不斷安撫，怕他再次發作。

——不管平日跟方宙航的關係多差勁也好，葉山虎無法容忍自己的隊友受到這種侮辱。**在他眼裡，一個南曜球員被欺負，就是全隊人被欺負。**

席上的葉山娜娜，剛才那一刻以為哥哥要跟對方打架，嚇得臉色發青，此刻才鬆一口氣。

場面稍微緩和後，康明斯示意陳競羽準備上場代替方宙航。

梅耶斯走上前，想把仍然躺著的方宙航從地板上拉起來。方宙航拒絕了，自行吃力地爬起身。

「南濱體育館」壁上那面巨型電視屏，正在不斷重播著剛才方宙航被昆霆玩弄得跌倒、昆霆入球後再跨過他的一幕。

而在那比真人巨大好幾倍的慢鏡頭影像底下，方宙航垂著頭，慢慢走過球場，步回板凳區。

場館內七千多人的目光，不是看著屏幕上方宙航的醜態，就是注視著他真人的敗喪身影。

這簡直就像一條漫長的苦路。

同時，這一球的影片正在網路上如病毒般瘋傳。「都球」前MVP、曾號稱「戰神」的方宙航，在一場「AAA」比賽被人徹底擊敗和羞辱——這是非常刺激的標題。

恥笑他的社交網路留言，成百上千地累積。過去各樣負面新聞和官司，還有關於他的明星前妻楊黛雪的種種，都被貪婪地重新挖掘、搜尋和張貼。各種嘲笑他的惡搞修改圖片和影片，不久後也將會紛紛大量產出……

即使方宙航在僅僅14分鐘的上場時間裡，單騎狂砍了25分，也不會有任何人提起。**一個慘敗的影像，一個最能吸引點擊、留言和分享的話題，抹殺了他**

在場上的所有價值。

方宙航終於回到隊員之間。沒有人對他說話——他們不知道該說些甚麼。他坐了下來。訓練員Jerry急急拿來毛巾和飲料。方宙航只把毛巾接過。他就像往常完成了自己上場時間那樣，拿那片大毛巾蓋著頭，沉靜不動地坐在椅上。沒有人看得見他此刻的表情。

只有他自己知道：**猛烈的懊悔之火，正在他胸中熊熊燃燒。**

● ● ● ● ◉

葉山虎最終被判技術犯規。昆霆把那顆罰球也投進後，兩隊比分拉開到56-38。

康明斯喊了暫停。南曜球員再次回來板凳前聚集。眾人都看著教練。康明斯卻只是瞧向衛菱，然後冷冷說一句：

「這場球，交給你。」

衛菱驚異地瞪著眼睛。其他人聽了也都十分意外。

——一向孤高的老教練，竟然會說出這句話。

康明斯說完，就雙手插著褲袋走開到一旁，然後往上眺視白曦樺和林霄所在的包廂。

——這就是你們希望的吧？

衛菱的心臟猛烈跳動。她知道，自己必得盡快收拾這股激動的情緒。

——要冷靜。

——我一直在等這個機會。不要讓它溜掉。

王迅把外套脫下來，準備上場。他同樣已經等了許久。

「不。」衛菱卻向他揮揮手。她瞧瞧時鐘。第二節只餘02：34。她馬上做出判斷。「那個陣式，我們等到下半場再用。」

她不但沒有派王迅上場，還吩咐梅耶斯、龍健一、葉山虎和郭佑達全都休息。場上將只有關星陽一個正選球員。

「先挺過這兩分鐘再說。」暫停時間完結前，衛菱看著關星陽這麼說。

關星陽明白她的意思，點了點頭。

看見對方再度上場的陣容，夏美的教練韓普微笑。

——看來他們已經放棄啦……

比賽再開。關星陽控著球，左手朝天伸出一隻食指。

「這球慢慢來！」

他消耗掉一些秒數後才開始策動，最後製造機會給陳競羽，在進攻時鐘只餘4秒時出手。陳競羽再次投偏了。但是剛剛上場的後備中鋒石群超及大前鋒呂劍郎體力充足，而且在這種分數大差距之下沒有太多心理壓力，反倒很專注地搶佔籃下位置。呂劍郎成功拿下這記攻擊籃板。南曜又可以延長攻擊時間。

在餘下的兩分半鐘，南曜將節奏拉得很慢。而韓普也趁著對方犯規時將昆霆與辛三麟換了下來。跟之前熱烈的搶分戰相比，這時段變得非常沉悶而膠著。結果雙方都只是各進了兩個罰球，以58-40結束上半場。

體育館的氣氛已經冷卻下來。網上直播的觀看用戶數字也急降。不少現場球迷已經在盤算：第三節的前半，假如兩邊還是這樣打的話，今晚就提早回家。

白曦樺坐在包廂沙發上，輕輕呷了一口紅酒，舒緩著失望的情緒。

「你還要不要看下去？」她問林霄。

林霄俯視下面的球場，目光一直沒有離開正在跟球員返回更衣室的衛菱。

「**接著才是我想看的呀。**」

● ● ● ● ◉

「我不能夠向大家保證甚麼。」

在南曜更衣室裡，衛菱朝著呈半圓圍著她的隊員說。

「可是至少，我們能夠令對方吃一驚。很大的一驚。」她摸摸衣袖鈕釦，繼續說。「我深信你們有這個能力。」

衛菱過去一直是球隊訓練員，跟南曜球員們比較像同伴，加上始終是年輕女生，這番話聽在他們耳裡，沒有任何刻意奉承的感覺，反而有點窩心。

「你們不想看見那個森姆．昆霆吃驚的樣子嗎？」她再說。

聽了這句話，眾人不禁看看獨自坐在角落、仍然用毛巾蓋著頭的方宙航。

方宙航絕對不是個好隊友。他在球隊裡沒有任何可以稱作「朋友」的人。他那不負責任、自暴自棄的態度，更是令眾隊員感到厭惡。

可是不管如何，他們也在一起打球，穿著同一件藍色球衣。

——昆霆那個混蛋，在輕視我們。

一想到這裡，南曜隊員都咬牙切齒。甚至平日在隊內最多怨言的陳競羽和呂劍郎，現在都難免有同仇敵愾的情感。

「我想看。」王迅率先附和說：「我要看昆霆把笑容吞回肚裡的模樣。」

「對！那傢伙笑起來的樣子太噁心了，簡直讓人想把球鞋塞進他嘴巴！」葉山虎也說。

隊友們都笑起來。更衣室裡頓時恢復了一點生氣。

衛菱左右看看各球員，不住在點頭。

站在一邊默默觀看的康明斯，心裡有點不是味兒。這個球季裡，他許多次想像自己能夠這樣激勵球員，但總是無法傳達到情緒。

而現在衛菱卻輕鬆做到了。

「下半場，我們就會用這個星期不斷練習的快陣。」等他們的笑聲結束後，衛菱繼續說。「我知道，你們有人可能還不夠信心。畢竟這個打法我們只練了很短時間。但是沒有關係。**我看見你們第一次練的模樣，就確定走對了；當時我就相信，南曜隊能夠把麻煩送給任何對手。待會我們唯一要做的事情，就是在所有人面前證實它。**」

龍健一聽見她這句話，眼睛發亮。

——她說「相信」。

——她相信我們。

衛菱逐一看看主責快陣的王迅等五人。

「你們五個要有心理準備，整個下半場，將只有很少休息時間，甚至完全沒有。」她說。「但是只要我們沒有出錯，我肯定對方的正選球員也一樣無法歇息。那時候就看誰堅持得更久。」

衛菱拿起畫戰術用的平板電腦，每說一字就往前揮動一下。

「不要停下來。死都不要停下來。」

隊長葉山虎首先將手掌伸出。每個人陸續把手疊上去。

「One, two, three, South Star!」

● ● ● ● ◉

下半場準備出戰的夏美球員，果然全部都已換成後備。

韓普教練當然不是真的因為半場領先不夠20分，而要懲罰一軍球員坐冷板凳，只是既然已經「幹掉」了最大的威脅方宙航，他覺得可以讓正選多休息一下和避免受傷。畢竟今晚只是一場季初的常規賽。

他看著從南曜板凳區走出來那五個藍衣球員，覺得有點意外。這是搞甚麼？似乎還沒有放棄這場球，因為陣中還有龍健一、梅耶斯和葉山虎。可是控衛卻是不太擅長投籃的後備郭佑達。之外再配搭一個完全沒有出過場的新人王迅。

夏美精工降級之後，仍然維持著去年打「都球」時的職業規制，其中包括做每場對手的情報搜集。不過最初幾場球全都輕鬆取勝後，這方面已變得有點疏懶，球員花在看敵隊球賽錄影的時間大幅減少。「反正都只是AAA球隊嘛。」他們這樣想。今晚對手是戰績差勁的南曜電機，他們賽前更沒有怎麼吸收資料。

不過即使有看錄影和做筆記，夏美球員大概都不會對王迅有任何印象。因為他在先前的比賽，大多都只在垃圾時段上場。

他們此刻打量著王迅。身高體格似乎不錯，不過一直沒被派上場，一定有甚麼特別缺陷吧？再看那個玉米辮子頭，似乎是個虛有其表的傢伙……

韓普叫助教查看南曜球員的統計數據，找找這個21號球員。

「8場球的平均上場時間是3.2分鐘，得分0.72……」

——哈哈，還以為會是甚麼秘密武器。

韓普放心了，也就坐下來。

另一邊衛菱緊張地站著，注視著球場上的五個南曜戰士。

——一定行的。我不會錯。

但她其實緊張得隨時要嘔吐。她很清楚，這很可能是證明自己唯一的機會。

——失敗了，就要回去當訓練員。甚至更糟。

王迅似乎看透了衛菱的情緒，這時遙遙向她豎起拇指，眨一眨左眼。

——放心吧！就像那次練習一樣，我會幫你衝過難關！

坐在板凳上的蘇順文叫喊得十分賣力：「加油呀，王迅！」身為南曜企業裡同部門的同事兼朋友，蘇順文看見王迅取得罕有的上場機會，格外感到興奮。而且他很了解，王迅是多麼喜歡打籃球。

打氣席上的甘主任繼續指揮員工搖旗呼喊，同時也在盯著場上的王迅。甘大榮對這個工作態度散漫的新部下毫無好感。不過現在他倒有興趣看看，王迅的球打成怎麼樣。

——小子，就讓我看看你的價值吧。

樓上的白曦樺瞄一瞄網路直播觀看數字。從剛才最高峰接近一萬用戶，跌到現在不足兩千。各社交網還在談論方宙航被晃倒和跨過的事件，餘下的比賽大家都覺得勝負已定，沒有必要再看。她氣得想把手中酒杯摔破。

哨音響起。夏美首先運球進攻。

王迅和葉山虎不必任何交流，就各自站到能互相照應的守備位置。夏美的後備控球後衛才越過半場，王迅就趨近過去，葉山虎則在他左後方幾步外隱隱支援。那控衛已然感覺到一股和先前不同的壓力。

王迅趁對方接近三分線時馬上貼上去纏繞。

那名控衛錯覺：王迅擴張的身體好像突然變大，封住了他大半的傳球空間。

——這傢伙是怎麼回事？……

他比王迅矮小3吋，自信速度和靈活性比較高，既然不利傳球，他就嘗試運球突破，卻立時發覺王迅的橫移步速，遠在他估計之上！

——喂，這混蛋的步法比得上辛三麟……

而同時王迅卻又比辛三麟高壯。當他壓迫上來時，胸口強硬地頂著那控衛，沒犯規之下破壞了對方的運球節奏和路線。那控衛的拍球亂掉了，球從掌下溜走，被葉山虎撿到。

經過這星期的練習，南曜這五人已經建立了一定的默契。在王迅展開壓迫防守時，郭佑達一邊幫助他收窄對手空間，同時已作出快攻反擊的準備；球溜出的一刻，沒等葉山虎碰到球，郭佑達已然起步疾走，葉山虎一拿穩了，馬上做個投擲式的傳球，交給已越過中場線的郭佑達！

夏美另兩個球員也不慢，趕回後場防守。

在右側三分線前被攔截的郭佑達，此刻卻瞥見一個藍色身影，正從球場中路高速衝到罰球線。

是龍健一。他奔跑中伸手向郭佑達要球。

在Ken面前的禁區裡，只得夏美的後備得分後衛。這樣的快攻單打，加上身材差異，Ken必定能得手。

但是守在郭佑達面前的是擁有長臂的李迪安，令他傳球的空間顯得稍窄。

這次不是練習，而是正式比賽。在心理壓力之下，郭佑達過度害怕失誤的習性又回來了，令他瞬間打消傳球的念頭。

——幹甚麼？

龍健一心裡惱怒。但他壓抑著情緒，雙腿並未停下來。

郭佑達想仗著較靈活的動作，切過比他高得多的李迪安。但李迪安的防守移動也不俗，而郭佑達的單打能力其實頗有限，結果只製造到一點點空隙，勉強在李迪安面前投出一個節奏差勁的中距離球。

球打在籃框一側再高高彈起。眼看就要被佔據了有利位置的夏美後衛輕鬆接收。

那後衛卻發覺，頭頂上方變暗了。

挺腰收腿躍在半空的龍健一，姿態優美。

——我就靠自己。

他左手準確無比地撈住彈出的球，直接灌進！

整個「南濱體育館」裡的人都站了起來。爆炸般的喝彩聲。

龍健一的技巧、跳躍高度與力量，直接震撼每個目擊者的心靈。

「Yes!」包廂裡，經理人莫世聞興奮得手舞足蹈。孫澈則像野狼般仰頭高呼，振起雙拳。

在這種燃燒的氣氛裡，龍健一本人卻神情冰冷，甚至顯得不滿。他跑回後場，皺眉朝著郭佑達不斷大力拍掌催促：「放膽地打呀！」

這是Ken進入南曜隊以來，第一次這樣公然指責隊友。說完之後，他回到本隊的禁區防守，降下重心站定姿勢，有如鎮在籃底的一座山嶽。
雖然是隊裡最年輕的新人，此刻的龍健一，卻顯出一派領袖風範。
王迅也向郭佑達說：「像練習時一樣就行！記得我說過甚麼嗎？」
郭佑達回想，記起第一次練這陣式那一晚王迅說過的話：
——就算失誤了，我跟隊長一定會將球搶回來。
郭佑達無言點頭，心情定了下來，重新專注防守。
——沒必要怕……這場球本來就沒有人期待我們會贏……對，當作練習那樣打……
下一球，夏美改為嘗試強攻內線，但是李迪安接到球試圖發揮時，卻遇上梅耶斯剛健的力量抵擋，龍健一也在旁伺機夾擊。李迪安不敢持球太久，回傳向外給夏美的後備小前鋒，葉山虎看準時機馬上緊迫過去，那小前鋒接球的一刻只得很少的活動空間，馬上陷入困境。
葉山虎一邊貼近防守，一邊在不停發出呼喝聲音，更發揮心理上的壓迫力，令對手加倍難受。
這樣打球，既很難看又討人厭。但葉山虎不管。他只要勝利。
他上半場無法發揮出這種守功，只因球隊防線暴露出太多空隙要他兼顧。現在有王迅的照應，葉山虎可以更放心豁出去。

——正如剛才王迅壓迫成功，也一樣是靠著有葉山虎作後盾。他們能夠互相補足和提升。

那個夏美小前鋒抵受不住這壓力，急忙想向旁傳球給控衛，路線卻已被郭佑達封鎖；他試圖再次把球傳回禁區裡，但王迅卻在罰球線附近虎視眈眈。他只好選擇給球場最遠另一邊的隊友。

龍健一早就看準會出現這個跨場長傳，他向前衝出，將球截了下來！

正如剛才一樣，郭佑達和王迅已然拔步向前跑。

龍健一的手掌大得能單手握住籃球，他長臂一揮，就準確拋給已奔到中圈的王迅。從抄截到把球傳出，他花了不到兩秒，顯現出極優秀的技巧。

王迅沒有拍球，第一時間再將球向前傳給郭佑達。這連續的傳送速度太快，夏美沒有人能追得上，郭佑達輕易帶球上籃得分。

夏美雖然只是失了兩球，韓普教練還是果斷地喊出暫停。

球場氣氛的急變，令人感覺有點呼吸困難。原本預備隨時提早離場的觀眾，也都打消了念頭。**南曜電機在下半場，就像忽然變成了另一支球隊。**

甘大榮主任率領著下屬大呼口號。葉山娜娜激動地猛搖著打氣用的藍色紙旗高叫：「哥哥好厲害！」

「看到沒有？看到沒有？」林霄在樓上包廂興奮地叫著，然後連環不斷地向白曦樺說話：「我就是等這個！她果然沒有騙我！好厲害！又好好看！我好像要心臟病發啦！真的太讓人興奮！原來籃球是這樣的！這簡直就像遊戲的劇本呀！不，這比遊戲還要棒！它不是你請個程式員就能夠寫出來……」

白曦樺第一次看見林霄露出這副真面目，一時呆住了。

林霄接著掏出電話，撥打給在下面的公司宣傳隊員工。

「……是我！聽著，你們馬上拍！對，拍照！還要拍影片！都記錄下來再說！這非常重要！還有，不只是拍球員，也要拍她！那個女助教！」他說著走到玻璃窗前，手指用力指向下面的衛菱。「多拍她！很重要！這是絕佳的宣傳！」

白曦樺在旁聽了心裡想：林霄似乎沒有跟衛菱搭上，而是真的為了宣傳目標，才要求把她升為助教；他說今晚「為了看宣傳效果」而來，並不是藉口……

關星陽等坐在南曜板凳的球員都站起，向回來的五人擊掌鼓勵。他們裡面唯獨缺少了一人：方宙航仍然留在更衣室裡沒有出來。

球員們圍聚在衛菱跟前。

「很好。」衛菱說。「但是接下來才是真正的開始。」

眾人循著她的視線，瞧向夏美的板凳。昆霆和辛三麟等正選已經脫去外套準備上場。

「我沒有甚麼特別指示。」衛菱看著龍健一和王迅等五人。「目前就繼續你們的打法，看看效果怎樣。球賽還有很長時間。我們要一直打快球。但是快不等於急。防守！守得住，進攻機會就自然會來！」

球賽再開。夏美五人正選，全部重新登場。

森姆．昆霆臉帶微笑，走到王迅跟前兩、三呎處，眼睛牢牢盯著他。昆霆聽助教說王迅是剛大學畢業的新人，也就想先給他一些心理壓力，直視王迅的眼神，帶著有如洛杉磯街頭幫派那種狠色。

王迅卻沒有被這氣勢壓倒。他看看南曜板凳區，發覺方宙航還是沒有出來，那邊空著一張椅子。他把臉轉回來，毫不躲避地直盯昆霆，降下身姿準備防守，眼神無比專注。

昆霆也向著王迅略彎下身，做出進攻的準備姿勢，又呼氣吹吹手掌，似乎先要跟他來一次單對單比試。

可是當夏美控衛徐兆凱把球帶過半場同時，辛三麟卻跑過來掩護，昆霆合拍地向左走擺脫王迅，換成面對郭佑達，同時接到徐兆凱的傳球，眨眼變成昆霆將要單挑郭佑達的形勢！

南曜隊外圍防線這三人，顯然以身材單薄矮小的郭佑達較弱，夏美用最強得分手昆霆向他進攻，是絕對正確的策略。昆霆剛才貌似要和王迅對決，只不過是虛招，他才沒有興趣在這菜鳥身上證明甚麼，只想最有效率地盡快結束餘下的比賽。

「馬上將這條防守線摧毀。」剛才暫停時，韓普教練這麼命令：「在第三節結束前，令對方絕望放棄。」

郭佑達面對持球的昆霆，不能說不緊張。上半場他也曾經守過昆霆，很清楚自己沒有跟上這傢伙腳步的能力。

但是現在不一樣。郭佑達知道自己將得到幫助。他只需要頂住昆霆一至兩秒。目標很明確，郭佑達的精神也就極端集中，確實地守住昆霆要進侵的路線。

而王迅已經快步繞過辛三麟的阻擋，及時趕過來幫忙夾擊昆霆。

辛三麟經驗豐富，知道這是自己突擊的機會，徒手衝向禁區中路，準備迎接昆霆傳球！

但是在外頭的昆霆卻看得更清楚：龍健一在禁區內移動了方位，辛三麟接球一刻將馬上受他壓迫；而更近籃底的梅耶斯也調整了位置配合龍健一。他們合拍的站位，等於可以兩個人守住夏美三人。昆霆判斷出，本身攻擊技能就較不足的辛三麟，若在禁區內接到球，只會等於墮入陷阱。

——昆霆在這短短瞬間就感受到，南曜隊的防守和先前不同了：**每個人都互相配合著多走一步。五個人各自單獨看只是不起眼的變化，但加起來卻成為一種力量。**

趁著王迅還沒和郭佑達向自己形成緊箍，昆霆馬上作出決斷，一個快球回傳給三分線外的徐兆凱。

徐兆凱是非常可靠的三分射手。而且正站在他一向最有把握的禁區頂上位置。

球剛剛脫出徐兆凱優美的指尖，卻沒有飛遠。

因為葉山虎掌握到最準確的時機，將這三分球狠狠蓋了下來！

籃球猛力彈地，再向夏美隊無人的後場飛去。葉山虎一著地就像頭豹子般往球急奔，徐兆凱轉身想追都追不及。葉山虎輕鬆上籃得分，回來時雙手指著隊友慶祝。

——表面看是他一人勇猛地蓋火鍋再快攻得手。但他和隊友都很清楚，這個成功防守，是五人合作的結果。

夏美在這第三節初段被迫叫了暫停，並重新派出全部正選上場，卻馬上輸掉這麼難看的一球。即使分差還沒降到單位數，氣勢已然倒向南曜一方。

昆霆的臉緊繃著。即使剛才不是他的失誤，但是由他策動的進攻被這樣壓制，仍然令他深深不忿。

「一定要討回來。」這是身為球隊得分王牌的自覺。

昆霆再次拿球，這次卻轉而去攻葉山虎。較接近的郭佑達趨近夾擊。昆霆卻一意硬攻，運用他個人的爆發力和快速運球，從葉山虎和郭佑達之間的狹窄空隙衝過，隻手將這二人夾破開！

南曜其餘三人本來正在防範昆霆把球傳出的路線，沒想他一步就把包夾擊破，昆霆殺到禁區中間時，他們已來不及補上去，只能看著他急停跳投輕鬆得手。

昆霆進球後指向上方的記分板，向對手示威，卻發現南曜球員根本沒有停下來，梅耶斯拿到籃網掉下來的球，快步踩出底線，用他的壯臂單手把球擲出，交給接應的王迅，王迅只運球一步，斜向避開舉起雙手遮擋的雷洪拔，再向前傳給郭佑達。

郭佑達運球過了前場，看見龍健一已然奔跑到自己前頭伸手，這次毫不猶豫，把球快傳給他。

Ken在禁區右上角接到球。趕回來守在他前面的只有辛三麟。他趁著辛三麟還未站定雙腳，就運球向前強攻。辛三麟的速度雖然高過龍健一，但此刻匆匆邊退邊守，無法及早堵塞，肩頭寬廣的Ken硬搶而進，造成辛三麟犯規，並在最後一刻使出小勾射，籃球巧妙地擦板進網！

哨音吹響。加罰一球。

龍健一回身，與郭佑達擊掌，並且罕有地大吼：

「就是這樣！」

南曜板凳的球員也都在振奮慶祝。衛菱雙手像祈禱般互握，壓在嘴巴上。她的眼神看來很冷靜，但內裡那顆心臟在興奮亂跳。

這是她一直預見的南曜隊，此刻就在眼前實現——而對手更是具有「都球」級實力的強隊！

衛菱在場邊的一舉一動，正被Realer遊戲公司宣傳部攝影師不停攝入鏡頭。同時部門編輯已經在擬定將要貼上社交網路的文章標題。「美人籃球軍師」，這樣的題目應該會很搶眼。

龍健一冷靜地投進罰球，將差距縮到13分。

「不要給對手任何希望。」開球後夏美隊長雷洪拔向昆霆說。昆霆聽了明白其中意思：雷洪拔是叫他不必刻意跟隊友分享球，放任進攻就行。

昆霆果然如此。這次他繞過兩個隊友的掩護，在底線左側接到徐兆凱的傳送，趁王迅未及趕過來補防前，投進了一個三分球。差距變回16分。

一般的防守球員會因此而沮喪或羞惱。王迅卻沒有。看見籃球進框的一刻，他已經向前跑。

為了防範南曜又一次快速突襲，辛三麟早有準備，一看昆霆出手就提早回防，此刻追向跑得最前的王迅。

但是南曜的反擊卻並非單線。開球後郭佑達運球在中路跑，龍健一則從左側快奔上去。王迅反而成為將辛三麟引到一邊的誘餌。

就像上次一樣，郭佑達單手猛力一個彈地球，很快就傳給龍健一。在禁區邊上接到球的Ken，面前是身材不如他強壯的紀雲。他趁其他對手還沒趕回來，果斷地向紀雲作背籃進攻。被龍健一拍著球壓迫而來，紀雲抵受不住那力量，步步後退。

龍健一用力拍了三次球，壓到籃框前大約15呎。他收球轉身，看來要再次施展經過「XST學院」特訓、已經甚有把握的後仰跳投。紀雲全力貼過來封阻。但龍健一卻沒有出手，而是朝禁區中央彈地傳出。

在中路奔來接應的，是中鋒梅耶斯。他拿到球順勢雙腳起跳，發出一記暴吼，雙手大力灌籃！

「太爽了！」梅耶斯回來後場時仍然帶著笑，跟Ken碰了碰拳。他來這城市打球，從來都是主責防守和籃板球這些苦工。身為專業的籃球傭兵，每個月收取著金額滿意的支票，他不能抱怨甚麼。

但是現在跟這幾個傢伙打球，就像從前在新澤西家鄉的公園球場裡玩一樣。不經不覺許多年了，大衛・梅耶斯幾乎忘了這種享受籃球的感覺。

一切都那麼純粹。就只活在當刻。

夏美精工的球員非常不快：他們明明已經把對手的主力方宙航擊潰，而南曜此刻派出了兩個後備，一個還是很少出場的「暖板凳球員」（Benchwarmer），卻反而變得更難纏，還頻頻做出這種示威般的快攻狠灌！

——這種等級的貨色，明明不該是我們的對手啊……

「你們到底在搞甚麼？」昆霆向剛才防守失敗的隊友大吼。他心裡比別人格外焦躁。本來以他的實力，來打這種次一級聯賽就有點自降身價，完全是看在夏美精工開出的豐厚球酬份上；而他這一年短合約更有個附帶條款，只要夏美贏到「AAA聯賽」冠軍，重新升班回到「Metro Ball」，昆霆除了得到一筆獎金，還將獲續約四年並加薪30%。他早就計劃，要用這筆錢在老家買一座新的三層大屋。每場「AAA」比賽，昆霆都預期會輕鬆大勝。

紀雲聽到昆霆的責難，臉色變了。但辛三麟及時過去拍拍他的肩安撫，並向眾隊友高呼：「鎮定下來！我們還在領先！不要亂，做好自己的工作就夠！」

他說到最後時盯著昆霆。昆霆吞下怒氣，沒有跟他爭論，只是繼續跑上前。「給我！」他再次向徐兆凱要球。

這次迎上來防守他的，又再是王迅。

昆霆剛才聽助教說過，面前這小子只是對方板凳末尾的菜鳥，而且還是個平日要工作的「上班族球員」。昆霆輕蔑地看著他。

——別以為身高手長就有機會攔住我。我來給你看看差距。

王迅則冷靜地守住昆霆。他此刻擺出的姿勢，跟防禦方宙航的幻影時，一模一樣。

昆霆做出一串急密的交替運球和假身，向王迅施襲。

令他意外的是，王迅的腳步，竟然完全跟上。

昆霆以為能夠從左邊切過，王迅卻及時將那虛位封阻，心胸頂住了昆霆開路的右肩。昆霆僅僅在最後一瞬間收住衝勢，才沒有造成帶球撞人犯規。

而王迅的長手趁著這細微停頓，伸過來撈昆霆掌下的球，迫得昆霆要後撤避開。

昆霆順勢發動跳投。王迅跳上去封阻。昆霆在這緊貼壓力下，要用臂腕力量把球硬生生提早摔出。

這是一個很不協調的投籃動作。可是球在鐵框上轉了一圈，還是溜了進去。昆霆的手感實在令人驚歎。

王迅一連串單人防守非常棒，結果還是被昆霆高難度投進，南曜的球員都扼腕歎息。

但是王迅沒有顯露出半點沮喪。他走過時向昆霆說：

「方宙航比你強多了。」

「甚麼？」昆霆誇張地把手附在耳邊：「我聽不到你說甚麼！」

「**我會在這裡證明。**」王迅沒有看昆霆。「**你比不上他。**」

● ● ● ● ◉

球賽再度變成互相搶分。昆霆完全進入「狂飆模式」，每次都持球硬向南曜進攻，幾乎全部都得手。第三節下半，他個人得分已經超越40。

但是另一邊，南曜的攻擊力也一樣尖銳。原因全在一個人：龍健一。

跟上半場相比，龍健一的進攻猶如脫胎換骨。理由就如衛菱預計的一樣：球隊整體速度提升，給了他更多空間發揮。

郭佑達經常在夏美的防守未站定時，已經將球交到龍健一手中。而龍健一最大的長處，在於他的全能技術，因此每次都能因應夏美當時的防守狀態，馬上發動最有效的進攻手段。

這一段時間，他已經連續兩次運球切過腳步較慢的雷洪拔上籃得分；當雷洪拔為防被越過，稍稍拉後防守距離時，龍健一又毫不猶豫施展準確的中距離跳投。換了較年輕的紀雲來防守他，龍健一就用力量壓進去強攻，這時要是雷洪拔來夾擊，他即準確傳球給籃下無人看守的梅耶斯。

而每一次攻勢，南曜隊從不花費超過10秒。這樣的速度，加上龍健一的靈活應變，夏美隊無法抵抗。

龍健一的個人數據迅速冒升，累積到18分、12個籃板球（5次攻擊籃板）和5個助攻。經理人莫世聞一邊看球，一邊查看統計，同時忙於打手機。

「看到沒有？看到沒有？就是這場！就是這場！」莫世聞不斷對著手機裡某個球隊經理大叫：「我跟你說過了，不早點開價，一定會後悔！現在沒辦法啦⋯⋯過了今晚，全個『Metro Ball』都想要他！你找你們老闆好好談談，怎樣開個新價錢吧！別太遲呀⋯⋯」把錄音送出後，他又繼續忙於回覆短訊。

旁邊的孫澈看著莫世聞這副得意模樣，簡直就像個股票市場經紀。

而下面的龍健一，又在對手面前投進一個拋物線很高的轉身後仰球。在孫澈眼中，Ken的動作優美極了，實在難以想像這就是當初在那座骯髒的街球場混跡的瘦小子。孫澈目睹他又一次得分，欣慰地微笑。

在衛菱的指揮之下，王迅、葉山虎和郭佑達三人輪流負責防守昆霆，目標是要盡量消耗他的氣力。這不是容易的任務：曾經在NBA發展聯盟打過好一段日子的昆霆，習慣48分鐘長的比賽，相對這裡的職業聯賽，都只是打FIBA（國際籃協）規例的40分鐘。

「不過他在美國的球隊裡，沒有像在這裡擔任援將這麼吃重，平均出場時間其實不超過28分鐘。」衛菱在暫停時解釋說，她早就搜集齊全敵隊的詳細資料。「而他今年只是來打『AAA』，可能有些輕視，體能未必保持在最佳狀態。我們就賭這一點。」

要完全阻止昆霆是沒有可能的事，只能夠盡量削弱他的威力，這到了比賽後面，也許將會成為扭轉局面的關鍵——衛菱是這樣盤算。

由於昆霆非常執意進攻，夏美其他的外圍球員威脅並不大。王迅等三人輪替去抵擋昆霆，另兩人可以得到少許休息，然後再次用全速全力去跟昆霆周旋。

經過多次的互相攻防，出人意表的是：昆霆每當對上王迅時，反而最少投失。他連續兩次在王迅面前跳投得手，另一次則強力擠過王迅上籃。

——這是因為王迅的身型、速度和強韌意志，給昆霆施加了最多壓力，卻也令昆霆最集中精神去攻打。

昆霆第三次在王迅面前得分後，大聲地揶揄他：「你說要證明甚麼？」王迅依舊沒理會他，只是專心奔上前反擊。

——下一次。下一次我會把他擋下來。

6

球賽第三節結束的哨音，從電腦的揚聲器裡響起。阿雙哥吁了口氣，把鴨舌帽脫下來，抹抹額上的汗水，只休息了幾秒，就忙著埋頭打字。

他正坐在一輛小貨車的後座。在他跟前有一張小小工作檯，同時排列著打開的手提電腦、平板和兩副手機，各個屏幕上顯示著球賽直播畫面、球員統計數據的即時更新、《10 FEET》網誌的討論區，還有Twitter上的球迷動態。

另外在阿雙哥膝上，還放著一部小號的12吋MacBook。他十隻肥胖的指頭，在鍵盤上飛快跳動，屏幕流瀉出一行接一行的文字。

阿雙哥這副裝備和陣仗，加上身在高速行駛的貨車裡，簡直就像電影中情報特工隊的超級駭客。

「還沒到嗎？」他的手指沒有停下來，朝著前面駕駛座大吼。

「大概十分鐘！」負責駕車的《10 FEET》見習生Benny急忙回答。阿雙哥本人沒有車牌，平日出入工作，大都是靠他接送。

「太慢了！」阿雙哥皺著眉，一邊修改文句一邊說：「加速！球賽最後一節快要開打了！」

小貨車正全速駛往「南濱體育館」。

阿雙哥又寫了一段字，才稍稍停下來，察看檯面的電腦上播放著的球賽畫面。

記分板打出比數：86-73。

經過十分鐘激戰後，夏美精工的雙位數優勢，依然未被動搖，僅僅被南曜電機追近5分。

這是一場高得分的球賽。一個原因是南曜那個「跑陣」的速度，增加了兩隊的進攻次數；第二是因為昆霆、龍健一及上半場的方宙航，命中率都非常高，簡直就是一場得分高手間的決鬥。

阿雙哥此刻還在後悔，沒有提早趕過去球場。

他最初根本就沒打算要去現場看這場球——《10 FEET》網誌佔了九成的內容都是以「Metro Ball」為題材，次級「AAA聯賽」的市場對他來說太小了。阿雙哥除了偶爾抽點版面，介紹其中有希望的新人之外，對「AAA」基本上不多理會。可是今晚看著這場比賽的網上討論不斷被瘋狂炒熱，阿雙哥動搖了。然後到第三節，南曜隊變陣後展開激烈搶分戰，英俊的混血兒新人龍健一更是首次大爆發，帶動看直播的人數迅速回升，甚至已經超過了上半場的高峰數字，阿雙哥也就不再猶豫，帶著電腦跳上貨車，要趕過去現場親身感受。

他一邊思考著要寫的文章題材，眼睛繼續盯著現場畫面。直播裡可見，夏美的韓普教練神色十分凝重，再沒有先前的輕鬆，正在一字一字對著球員訓話。即使沒有現場收音，從韓普的說話神情，阿雙哥大概都猜到他的語氣有多嚴厲。

夏美隊的優勢表面上未受威脅，但是統計數據裡，有個數字特別刺激了韓普的神經：他們全隊在第三節共累積了6次失誤之多。

這幾次丟失球，全部是在對手高速的壓迫防守之下造成的。南曜隊能夠追近比分，主要就是靠著這些奪球反擊。

阿雙哥也一樣留意到這個突然上升的失誤數字；而且他看出了帶來這變數的人是誰：就是南曜那個不起眼的新人王迅。

查看王迅在這一節的數據，全無突出之處：得2分，2個防守籃板，1次抄球。他防守昆霆確實很緊密，展示出很強的體能和決心，但至今還是每次都被昆霆擊敗而失分。

可是阿雙哥看得出來，王迅對南曜的防守影響有多大。那幾次迫得夏美失誤，即使不是他直接抄截搶奪，背後都有著他的身影。王迅觸覺良好又移動迅速的協防能力，給夏美很大的壓力。

——而這些，是尋常球迷不會看到的。

剛才阿雙哥一直在寫關於龍健一的分析，已經完成了超過一半。今晚龍健一展現出全面的攻擊才能，竟能跟森姆．昆霆這樣的爆炸性球員拉鋸抗衡，在劣勢中保持分數未被拉開。一夜之間，龍健一就將纏繞著他幾個月的無數惡意批評一掃而空，肯定要成為這星期最大的籃球話題。因此阿雙哥沒等看完全場，就預先著手寫他的專題文章。

但這時阿雙哥忍不住先把Ken的文章擱下，用MacBook搜尋王迅大學時期的資料。他又在電腦的硬碟檔案夾裡尋索了一會，終於找出想要的那條影片來。

正是在幾個月前，南曜電機籃球隊舉行的新人發佈會裡拍的訪問短片。阿雙哥將影片檔開啟。

畫面裡，穿著整齊上班族西裝的王迅，帶點靦腆地向著鏡頭高聲說：

「我要給所有人看見，我是一個真正的籃球員。」

聽著這句話，看著這畫面，阿雙哥下了決定。他開了一個新的文書檔案，開始滴滴答答地鍵入文字。

●　●　●　●　◉

在VIP包廂裡，白曦樺和林霄碰了碰杯，微笑著一起呷酒。

球賽網上直播的觀看人數突破了35,000。各社交媒體到處都是龍健一那張英氣的臉。包廂內的助手們正忙於接電話或回覆短訊，全都是記者的訪問預約。

這場球還沒有結束。但不管結果如何，他們兩個都已確定是贏家。

另外也有女性雜誌的編輯來接觸，希望可以為衛菱拍照訪問。這是Realer公關人員的功勞。

白曦樺自從接手南曜電機企業後，第一次感謝老爸留給她這支籃球隊。

她又喝了一口，呼了一口氣，撥撥耳朵側的頭髮。

「我不能再喝了……否則球賽都看不下去啦……」這只是說謊。她的酒量許多大男人都比不上。白曦樺裝得柔弱，只因為知道林霄正凝視著自己——做生意時，她從來不吝於發揮女性吸引力。

「對呢！」林霄像個少年般猛地點頭：「還要把球賽看完！」他只喝了一杯半的紅酒，卻已經露出醉態。

衣著打扮像個浪子賭徒的林霄，原來不太能喝。白曦樺看了心裡暗笑：這傢伙，內裡根本是個宅男嘛……

林霄拿著未喝完的酒杯，突然大力坐在白曦樺身旁，與她肩碰肩。白曦樺正想微笑著稍稍移開時，林霄卻帶著酒氣跟她說：「你知道嗎？我讀高中的時候，足足被同學欺凌了三年。從開學到畢業。」

白曦樺呆住了，不明白林霄這時候怎麼會跟她說這種事。

林霄左右看看，確定包廂裡的員工助手們都在另一頭忙於跟媒體聯絡，也就繼續說下去：「當著全班同學面前取笑侮辱啦、取各種最難聽的外號啦、拳打腳踢啦、每星期勒索零用錢啦、把我褲子脫下拍照然後寄給我暗戀的女生啦，還迫我做各種奇怪的事……」

身為企業家的女兒，白曦樺自小就很善於社交應對。但這一刻她完全語塞。一個談不上是朋友、年紀比她還小幾歲的商業夥伴，突然在她面前掏出這些難受的秘密，她實在想不到該做些甚麼反應，只能瞪著眼看他。

林霄說話的時候卻一直在笑著。他喝了口酒，又說：「欺負我的，是幾個學校籃球隊的傢伙。」

白曦樺雙眉揚了揚，透一口大氣。

原來如此。她現在終於明白了，過去跟籃球毫無交集的林霄，為甚麼突然會花錢贊助南曜隊。

——這大概算是一種報復或者心理補償吧：今天有了錢，把一支籃球隊掌握在手上，也就等於打贏了從前欺負、操控過他的那些籃球員……

林霄取下茶色的太陽眼鏡，揉揉發紅的雙眼。他眼紅到底是因為醉酒還是情緒激動，白曦樺無法確定。

那雙終於裸露的眼睛，直視了白曦樺一會。林霄接著放下酒杯，起身走到玻璃窗跟前。

「從前我可是聽見『籃球』兩個字就會渾身發抖，甚至想嘔吐。我在讀大學的時候花了很多工夫去克服，那種反應才漸漸淡下來。可是我覺得還不夠。那陰影不過被我擠到腦袋的一個角落而已。我要面對它。是的，我是因為這樣，才會來找你。」

林霄隔著玻璃，指向下面即將要繼續比賽的球場。

「可是我沒想到，今晚會變成這樣。」他咧著嘴巴大笑：「**我好像真的開始喜歡籃球了。**」

聽見他這句坦誠的話，白曦樺內心不禁被觸動。

林霄是個很簡單的男人；可是相比白曦樺多年來在商界認識過的無數男人，又很不簡單。

他重新戴上太陽鏡，恢復了平日的輕佻模樣，輕鬆地說：「我在想，下一季Realer的出品，要不要也搞個籃球遊戲？說不定到時我那幾位高中同學，也會下載來玩呢……」

●　●　●　●　◉

陳競羽的運球節奏，被那突然高速接近的紅色身影打亂。

他努力想要避開，卻已來不及。壓迫之下，陳競羽失掉掌中球。對手大跨一步順勢將球接走。

這身影，正是夏美的第一防守專家辛三麟。

「麒麟兒」辛三麟就像一頭被壓抑已久的野馬。整個第三節他的表現不多，對方一直以龍健一為攻擊重心，他因為身高差異，並非主責防守的人。

現在他終於有機會發揮。手掌抄到皮球的一瞬間，他已經順勢往前急奔運球反擊。

——不是只有你們能跑！

前頭是南曜隊無人防守的籃框。辛三麟膚色深棕的健腿，交替越過木地板。那種速度、彈性和協調，令人聯想起百年前他那些在山林間飛躍的獵人祖先。

但他還未踏進禁區，卻感覺到有人正從後追來。

辛三麟沒有回頭看一眼的餘裕，只能專注用直線速度擺脱對方。對此他具有無比信心。

右足跨過禁區線。辛三麟收球。左腳蹬地跳躍。身體飛向籃框。

他眼角同時瞥見後方的陰影。

——這麼近！

可是已經來不及變換動作了。球脱離了辛三麟的指尖。

最直接快速的上籃。整個動作從起跳到出手，不超過一秒半。

可是這麼短促的時機，卻仍被後來者捕捉。

籃球在觸碰籃板之前的剎那，一隻大手掌先一步拍到球皮。

落下中的辛三麟勉力扭身回頭去看。

一個穿著南曜電機藍色球衣的高大身影，正停留在跳躍的最高點，右臂延伸至盡，手掌將皮球牢牢釘在透明的玻璃纖維籃板上！

——怎麼可能……

下一刻，那名南曜防守者著地同時將籃球摘下來。**他站在禁區中央，單手抓住球，俯視著因為全速上籃而順勢滾出底線外的辛三麟，展現出一股猛烈霸氣。**

場館的所有人都呆住了。

因為如此高速從後追趕、施展出淩厲「釘板」封阻的人，就是今夜之前沒幾個籃球迷認識的王迅。

在板凳上看著這一幕的郭佑達，此刻熱血沸騰。他想到王迅曾經跟他說過的話：不要害怕失誤，我們會把球搶回來。

——而王迅真的做得到。

頸項上掛著傳媒入場證件的阿雙哥，剛剛進入記者席區就看到這一幕，不禁「Wow!」地跟眾多行家高叫。

——幸好我有準備這小子的文章！Lucky！

在轟然呼叫聲中，王迅卻只是冷靜地回身運球奔跑，並將球向前傳給驚魂未定的陳競羽。

「快！對方少一個人！」王迅同時催促。

陳競羽拿回球。可是他畢竟不是真正的控球後衛，這時沒能掌握人數優勢，一個遲疑，錯失了把球快傳給龍健一的機會，而昆霆則上前來壓迫陳競羽，令他馬上再次陷入危險。龍健一要跑出三分線外接應他的傳球，方才為他解困。而辛三麟趁這時候已經趕回來，重新佈好防守。南曜的進攻變得不容易。

衛菱在場邊抬頭看看時鐘。第四節只打了不夠兩分鐘。雙方的分差卻增加到16分——若不是剛才王迅精彩的封阻，更已變成18分。

而場上的夏美隊，仍然是昆霆、辛三麟和雷洪拔等五個先發在打。韓普的盤算，顯然是要趁著這時機，將比分拉開到令南曜絕望的距離。

因為速度不夠而在這場球一直表現不多的雷洪拔，短短時間裡就在內線連取4分。只因現在他的對手，是防守力差了一級的石群超。

郭佑達和梅耶斯兩人在前三節上場的時間都頗多，而前者更一直要分擔抵禦昆霆的艱苦工作，因此衛菱決定寧可暫時犧牲一些速度和防守強度，也要給他們休息。

不過她沒有選擇讓先發控衛關星陽去換郭佑達，反而任用了本來打得分後衛的陳競羽，原因是不希望整隊的速度減慢太多。陳競羽的身體對抗力較弱，但本身運球和傳球技術不差，而且奔跑移動速度比關星陽快。衛菱這個決定有點冒險，可是為了維持他們「跑陣」的攻擊力，她決定賭一賭。

其實還有兩個南曜球員幾乎沒有下過場，一個是龍健一，一個是葉山虎。龍健一是目前全隊的唯一進攻核心，衛菱實在沒法把他換下，只能寄望Ken的年輕身體和平日訓練紀律，足以抵抗疲勞。

至於比Ken大了八歲的葉山虎，則斷然拒絕下場。

「我再打六節都可以！」他當時如此揮手笑著說，重新戴上護目鏡，故意表現精力充沛地彈跳著踏進球場。衛菱也拿他沒辦法。

葉山虎表現好像很輕佻，但他心裡很清楚，接下來這節球將會打得多辛苦。但他知道南曜的外圍防守現在不能沒有他。他要堅持。

——本身球技粗糙的葉山虎，能夠站上這個舞台，靠的只有體力與意志。這方面他絕不能認輸，否則就等於失去了身為球員的價值。

即使有他們加上王迅，南曜的陣容還是明顯削弱了。而韓普繼續派出威力最強的正選，目的十分明顯，是要趁這時機，把南曜的傷口擴大到無可挽回的程度。

這個時段，一、兩分之差都可能影響最後幾分鐘的局面。衛菱咬著手指，顯得極是緊張。決定何時再次換人，是她現在最大的挑戰。過早的話球員體力就保留得不夠；太遲又會損失追分的足夠時間。

若是膽子較小的教練，這時看著分差擴大，會急不及待再次派梅耶斯和郭佑達上場。但衛菱此刻忍耐著。

——這個差距還可以。再挺一分鐘。

韓普看看南曜板凳區前的衛菱。他早就察覺，康明斯自從第二節末段開始就一直坐在椅上毫無動靜；而不斷忙著調度及跟球員交流的，是這個穿成行政人員般的年輕女生。

——你才是我的對手嗎？……呵呵，長得蠻漂亮嘛。我可不會因此手下留情。

在韓普的指揮之下，辛三麟不斷朝著陳競羽這個弱點攻擊，已經連續製造對方兩次失誤。陳競羽自從初中之後就沒有打過控球後衛，本身很不習慣，而且擔任了控球也就代表投籃的機會大減，這對他這個表現意欲很強的得分後衛來說，是最討厭的事。

——先前要我客串小前鋒；現在又來當控衛……你們總是要我難受……

這樣的心情，加上面對的是辛三麟這種一流防守大鎖，陳競羽感到持球的每一秒都很漫長。

經過幾個傳送，好不容易終於造成龍健一在禁區持球進攻。可是他的內線搭檔換成活動能力較遜的石群超，傳球選擇變少了，加上進攻時限快到，終於龍健一只能選擇來一個勉強的跳投。這次紀雲守得很貼，投球力度不對沒進，被雷洪拔接收了籃板球。

輪到夏美攻擊。再一次，昆霆發揮出他超卓的個人技。陳競羽的助守意識沒有郭佑達好，令昆霆可以輕鬆切過葉山虎，較遠的王迅趕到時已經堵不住他，只能用犯規阻止。

兩個罰球投進後，差距真的到18分了。衛菱這時叫了暫停。

場館內的氣氛降溫了。有些觀眾認為已經不可能再追上，站起離開。先前王迅那記精彩的封阻，人們不覺得有造成甚麼真正影響，也都沒再談論。

梅耶斯和郭佑達已經做好再次上場的準備。但他們看著記分板，再沒有如先前第三節時的衝勁。

「太遲了……」梅耶斯這時禁不住說，似乎有點怪責衛菱。

「不！還有機會。」王迅卻說：「昆霆的力量減弱了。我從剛才的接觸感受到。」

眾球員不禁瞧向夏美的板凳。昆霆似乎沒有甚麼異樣。

「我相信你。」龍健一看著王迅說。王迅聽出他話中真誠的信任，感到十分意外。

「我……也相信。」郭佑達附和說：「最初也是你提出這個跑陣的。結果真的有用啊！」

葉山虎、龍健一和梅耶斯相視一笑。經過第三節，他們早就看透：這個「跑陣」的設計者其實不是王迅，而是剛剛成為助教的衛菱。

「不管如何，我們就賭在這最後7分半鐘。」衛菱也看著王迅笑了笑，然後說：「第一個目標，先在3分鐘之內，把差距縮成個位數！五個人都要積極進攻，不能猶豫！我們要用腳步，令對手崩潰！」

她舉起緊握的拳頭：「**新的南曜隊，將在今晚的勝仗裡誕生！**」

7

方宙航依然用大毛巾蓋著頭臉，自從中場休息之後就一直呆坐在更衣室裡，直到現在都分毫不動。

他甚麼都不想管，也沒有力氣去管。

恥辱，彷彿把他身心一切的力量都掏空。自從六歲開始打球至今，這廿五年的籃球人生，就像在今晚完結了。而且是以一種極難受的方式完結。

——不。其實不是在今晚才發生……很早以前我就應該知道，這樣的結果是遲早的事。只是我不願意面對而已。

——我其實是一個軟弱的人。

通常到了這種時候，方宙航就會不顧一切地去找酒喝。但是現在他連站起來的意欲也沒有。深重的無力感，甚至蓋過了他對酒精的渴求。

他不想面對任何人。除了繼續躲在這無人的更衣室裡，他不知道還能做甚麼。

直至羞愧和懊悔慢慢在心裡沉澱下去後，方宙航的耳朵才好像再次打開來。

他頓時發覺，外頭場館的氣氛似乎出現了異樣。

不尋常地沉靜。

方宙航剛才完全失去了對時間的感覺。他不知道自己已經坐在這裡多久，也不知道外面的比賽打完了沒有。

——這到底怎麼回事……

更衣室的天花板掛著一部電視機，一直無聲播放著外面的賽事實況。

方宙航終於也按捺不住好奇心，鼓起力量抬頭去看。

他久久盯著電視畫面右下角打出的比分，才確定自己沒有看錯。

93-83。只差10分。

而球賽時間還有4:02。

方宙航驚異地站立，將頭上的毛巾扯下來。

沒有搞錯。球賽還在打。屏幕裡紅、藍球衣的身影正一起跑動。

他好像從沉睡中清醒一樣，拿著毛巾走出更衣室。

通往球場的走道上空無一人。似乎連所有工作人員都已出去看球。方宙航獨自步過。在接近那發光的出口時，他停下來猶豫了一會。外面的人將用怎樣的目光招呼他？可是那光芒驅使著他再次邁步。他不管了。

久被毛巾遮蓋的眼睛，驀然暴露在場館的強烈燈光之下，一時無法完全睜開來。方宙航眼前的一切都好像在發光。

他左右看看通道附近的觀眾。先前的擔心是多餘的。沒有任何一個人留意到他再次出現。所有的眼睛都瞧著球場。

方宙航也跟著他們的視線看過去。

然後這一刻他剛好看見：龍健一用漂亮的假身和旋轉步擺脫了防守者，雙腳發力跳起，猛烈地單手灌籃！

在這刹那，半空中金髮而皮膚白皙的龍健一，沐浴在球場光華之下，整個人彷彿半透明一樣。

——就像個天使。

原本緊張地靜默觀看的場館球迷，爆發出驚人聲浪，好像快要把「南濱體育館」的天花震得塌下來。

計分板的發光數字跳動。93-85。

終於，回到個位數的差距。

而球賽剩下還超過3分鐘。

好像整個場館的觀客都變成南曜隊的球迷。葉山虎朝著四周張開雙臂不斷往上揚，鼓勵所有人叫喊得更大聲。平時打球最欠安全感的郭佑達，現在雙眼也亮起來。梅耶斯沒再在心裡暗中計算自己的數據，專心地瞧著將要反攻過來的對手。

而在球場另一頭的夏美精工球員，就連外行人都看得出已經失卻氣勢，跟南曜隊形成強烈對比。

「不要緊張！慢慢打！我們還在領先！」站在板凳區的夏美隊長雷洪拔，焦急地呼喊著。他因為速度實在跟不上對手而成為弱點，已經被調出來，只能在場邊乾著急。

可是沒有用。帶著球上前去的徐兆凱，好像已經沒有了主意，眼睛游移不定。其他人也顯得腳步沉重。

正常在這種時候，球隊應該使用暫停。可是不久之前被追近到12分時，韓普教練才喊過一次，結果全無作用。韓普的眼神像冰般冷，盯著場上的隊員。教練的力量，畢竟也有限。到了某種時候，只能靠球員自己去改變形勢。

徐兆凱最後還是只有選擇把球傳給森姆·昆霆。

而王迅已經迎上去了。

兩人的對決再次開始。

昆霆仍然擺出平日的攻擊姿勢，驟眼看跟之前沒有甚麼差異。但是王迅非常清楚，這已經不是前三節的昆霆。剛才幾次交手，他確切感受到昆霆氣力的衰退。

衛菱的估計沒有錯：昆霆的體能並沒有維持在美國時的高狀態。她的消耗策略，現在開始收成了。

昆霆面對王迅的緊盯防守，先前已經連續投失了三球。

這就是南曜隊從後追上來的原因。

相反韓普則過度高估昆霆的體力，因而持續派他上場，試圖拉開分差以提早結束比賽，結果證明是個要命的錯誤。昆霆剛剛加入球隊，開季以來夏美的比賽又全部輕鬆獲勝，他從來沒有需要用上全力，這正是令韓普錯估的原因。

過去的勝利，鋪下了今天的陷阱。韓普心裡在罵自己，怎麼會犯上這種新手教練才有的錯誤？他其實很清楚原因：是因為降下來打「AAA聯賽」，才會如此掉以輕心……

——回去一定要好好整頓！

可是那是之後的事。現在韓普沒有甚麼辦法，只能期待隊裡王牌球員的個人威力，帶他渡過這一關。

昆霆看著再次擋在跟前的王迅，心裡十分焦躁。

——這小子，怎麼半點也不累？……不是說他只是個上班族嗎？……

昆霆拿著球，右足不斷做著試探步，久久未有真正進攻。王迅看出來，他其實只是在偷空喘息。王迅不給他這個機會，稍稍趨近增加壓力。

若是在先前，王迅貼得這麼近，馬上會被昆霆果斷地運球切過。但現在體力下降、手風也不太順的昆霆變得保守，只能半轉身保護著球，不被王迅的長臂抄走。

昆霆體力減少的同時，王迅則越來越適應他的動作節奏和習慣。兩人此消彼長，先前的立場漸漸已轉換。

衛菱盯著這一對一攻守。南曜追近這10分的過程裡，她從沒有流露過任何興奮情緒，只是冷靜看著一切變化。

——只要未贏球，追上多少分都不值得興奮。

——工作還沒完成。

看見王迅守昆霆的狀況，她轉身向關星陽說：「隊長，請準備，我要派你上場。」她並把手擺在胸前，暗暗向他伸出三根手指。「我需要這個。」

關星陽站起來脫下外套，伸展一下雙腿。他今晚的上場時間比平日大減，但並沒有發出任何抱怨。日間是南曜企業的中層管理者，關星陽的階級觀念非常重，知道在一個團體裡，服從指令是多麼重要。

「別叫我隊長。」關星陽在走到替換球員區之前，向衛菱說。「你現在是教練呀。」

衛菱聽了有點愕然，點了點頭。

攻擊時限快到，昆霆始終還是得進攻。他做了幾個運球虛晃，然後跳步後撤，投出一個頗遠的兩分球。一看就知道，疲勞令他不敢積極地強硬切入，而選擇了躲避和跳投；在王迅的防守壓力下，出手更比平日急了一些。

——不會進。

在通道口看著的方宙航，已然預知。

梅耶斯此刻對王迅很有信心，知道他能夠將昆霆攔下，早就佔好籃下有利位置，輕易摘下這個籃板球。搶球輸了的李迪安，為了防止他將球傳出展開快攻，寧可犯規。

關星陽趁這個時候上場，替換郭佑達。兩人擦身而過時擊了擊掌，關星陽說：「你做得非常好。」幾乎已在防守上耗盡氣力的郭佑達，聽了有些激動，點頭感謝。

——打了南曜隊三年，郭佑達第一次得到這樣的讚賞。

「出來吧，老頭！」葉山虎笑著催促老拍檔。其實他也已經累得要死，完全是靠意志在支撐。兩個隊長碰了碰拳頭。

龍健一看看場邊的衛菱。衛菱朝他做了個手勢。龍健一馬上明白她的用意。

「阿三！」韓普在場邊呼喊。辛三麟看過去，見到教練指向關星陽，他了解是甚麼意思。

在南曜的高速「跑陣」消磨下，昆霆和徐兆凱兩個夏美後衛的體力都將要見底，大大削弱了夏美的外線防守。關星陽這個長程炮手這時候上場，南曜隊的意圖非常明顯：在這時間有限的最後階段，要用三分球追上來。

辛三麟決心，一定要全力封鎖關星陽的出手。

南曜的進攻，又再次將球交到龍健一手上。他完全就是球隊下半場的攻擊發動機。38分，13籃板，8助攻，3封阻——這種怪物級數據就是證明。夏美隊裡不論是紀雲或李迪安都無法單人防守他。沒有選擇之下，徐兆凱馬上移向禁區邊，跟紀雲兩人包夾龍健一。

Ken拿著球被兩個對手夾擊，卻毫不慌亂，以純熟的轉身步護球及轉移方位，眼睛密切留意傳球機會。

同時葉山虎衝上前做個阻擋掩護，擋住了辛三麟，令關星陽得以擺脫，走到三分線外斜角處的空位！

辛三麟的動作卻仍然靈活，迅速繞過葉山虎，仍然緊追向關星陽。

葉山虎就在這時變向，直線奔向籃框！

——關星陽的三分球威脅，吸引了夏美防線的注意力；葉山虎在最準確的時間點上，從做阻擋變成切入突擊，面前已沒有任何防守者！

龍健一從二人間準確傳出皮球，葉山虎接過後順勢飛躍上籃。

只差6分。

葉山虎吼叫著跑回後場，好像一頭野獸。

下一球夏美試圖用昆霆去攻打關星陽這個防守弱點。但由於昆霆的活力不比之前，王迅成功照應助守，令昆霆沒有施展的空間。結果在進攻時限只剩3秒時，交由徐兆凱勉強投出一個三分球。

——要進呀……

夏美的替補球員在心裡祈求著。可是球只僅僅擦到籃框的前沿。

南曜帶著無匹的氣勢再次進攻。戰術就跟剛才那球一樣：把球餵給龍健一策動，關星陽在三分線外尋找空位伺機。

這次負責為關星陽做掩護的是王迅。他的單擋比葉山虎的更強硬。辛三麟鼓起一切意志越過他，去追逐走到空位的關星陽，但同時眼角仍留意著王迅。

王迅也一樣，完成阻擋後馬上朝籃框切入。

辛三麟早有準備，大步轉向改去抵擋王迅。

龍健一果斷一揮臂腕。籃球如箭般飛向關星陽。

被王迅引開的辛三麟，已經來不及再回身。他的防守功夫再高，也不可能同時守住兩個配合恰到好處的敵人。

他仰頭，看著關星陽出手的投球，如彩虹般在空中劃過。

當記分板上南曜的分數跳動成「90」同時，韓普教練叫出了暫停。

方宙航把這美妙的兩球都看在眼裡，內心激動無比。站在哄動的人群之間，他緊緊握著拳頭。

——擔當關星陽這個角色的，本來應該是我……

此刻心情跟方宙航一樣的，是康明斯教練。他看著關星陽、龍健一等五個南曜球員振奮地互相擊掌，回到板凳區後又受到後備隊友的激勵。眾人接著全都主動包圍在衛菱面前。

康明斯看見：眾隊員都向衛菱投以完全信任的眼神。

這樣的信賴，康明斯過去四十年的教練生涯裡也曾得到過許多次；可是在這支球隊裡，他卻完全敗給一個足以當他孫女的丫頭。他默默看著這情景，感覺自己完全像個局外人……

在夏美的板凳前，面容嚴肅的韓普，看看頭上時鐘打出的「02:04」，然後掃視他的球員。

「不要想著我們還有3分優勢。」他說：「要當作我們已經被追上，甚至被反超前。要用這樣的心情，去打餘下的時間。」

韓普的視線落在昆霆上。

「森姆，我只會讓你休息一會。你要好好重整過來。」韓普說。「最後一分鐘，你會再次上場。行嗎？」

昆霆看看韓普和各隊員，默默點了點頭。他從沒想過，來這裡打球會被迫到這種境況。此刻他極想贏這場球。

為的是維護他身為王牌援將的尊嚴。

另一邊，衛菱的話更少。她只是看看南曜隊各人，然後說：

「你們值得拿這場勝仗。出去吧。」

●●●●◉

禁區之內，爆發激烈的肉體碰撞。力的較量。

重新上場的雷洪拔，背向著龍健一強攻。

龍健一想利用靈活性去剋制這個巨人中鋒。但雷洪拔沒有給他這個機會，他此刻異常穩實地護球，一寸寸輾壓進籃下。差了2吋身高和差不多40磅體重，龍健一拚命抵禦著，卻覺得極是吃力。

——這就是「都球」級數的力量嗎？……

雷洪拔在這場球的前38分鐘，大多時間的表現都受到限制，甚至因為對方的速度而無法上場；身為夏美精工的正選中鋒，在這種關鍵時刻，他決心要證明自己的價值，故此精神無比地集中。

快將禁區三秒違例之前，雷洪拔一個倚身，再次與龍健一碰上，借力量半轉身，左臂攔住對方，右手舉球將要出手！

被撞的龍健一卻比想像中更快恢復姿勢，伸手封向雷洪拔的小勾射！

雷洪拔在最後一刻改變了出手角度和力度，把球高高勾拋起，恰好越過龍健一的手指頭，輕輕在籃框溜了半圈再跌進去！

——雷洪拔這困難的入球，完全是經驗與長年鍛鍊球感的結晶。

夏美精工經過2分鐘以上的比賽，分數終於再次跳動。

可是他們還沒來得及為再度擴大分差而興奮，就發現對手已經快速開球。從正面被取分的龍健一，連半點情緒也沒流露，看見沒有籃板球可拿，馬上就拋下雷洪拔轉身向前跑。

雷洪拔吃力地追著他的背影，心裡感歎。

——這小子實在太成熟了！

沒有了郭佑達帶動快攻，王迅接到梅耶斯開球後只好自己運球上前。辛三麟看準了王迅不是控球後衛，也就全力向他狙擊奪球。

面對這位在「Metro Ball」裡擁有名聲的防守高手，王迅這一刻難免緊張。

「越過他！」站在球場另一側、來不及救援的葉山虎向王迅吼叫。

王迅在這瞬間，回憶起與葉山隊長的晨間對練。

——你以前曾經是得分主力嗎？

——我們每個人都害怕因為自己而輸球。因此誰也不敢作出改變。

場邊的好友蘇順文，用嘶啞的聲音放盡高喊。

——我知道你很愛籃球。不過你認為自己能夠打多久呢？

王迅的專注力，此刻前所未有地集中。

他一個胯下運球，大步從辛三麟左邊腋下擦身鑽過。

辛三麟極是訝異。

——原來他有這樣的進攻能力！

王迅繼續帶球衝向前。辛三麟還沒有完全給他打敗，回身與他並排奔跑，封住了一邊的空間，令他難以向球場中路傳球。

但王迅前頭卻有通路。

——不要逃避。現在就害怕籃下的世界，你就永遠不會進去。

他全速直接向籃框進攻。

衛菱感覺自己的心臟像已停止跳動。

兩個膚色黝黑的身影，一前一後高高飛躍起來。

王迅在空中維持優美的平衡，左臂把辛三麟架住，右手端球上籃；辛三麟卻瞬間像變成個橡膠人，身體和手臂從王迅側後方，向著籃球神奇地延伸。

王迅以腰力頂住辛三麟的壓迫，保持著空中姿勢穩定，可是眼看球將要被那延長的手掌搆到，他被迫早半刻用手指放球離手。

出手的角度，就差了這麼一點點。球從籃板反彈，落在鐵框左沿。掉進去還是彈出來，差別只在於落點前後幾毫米。

結果，彈出來。

王迅和辛三麟都因為跳得太盡，落地後向場外翻滾倒下。

率先追趕而來的葉山虎，將會撿到這一球。

可是就在快要伸手摸到籃球之前，他左腿突然失去了控制，奔跑中的平衡崩潰了，整個人摔倒下來！

在席上的葉山娜娜驚呼著站起。

每次到現場看哥哥打球，她都顯得輕鬆好玩，而且表現出對兄長的無比信心，但其實心裡總有一股不敢碰觸的恐懼，害怕的就是這樣的時刻。

葉山虎打籃球，就像從來不知道自己身體的極限在哪裡。隨著已經三十歲，又累積多次大傷患，他這股執著的意志卻完全沒有減退。

他只懂這樣打球。

上一季受的膝傷，令他幾乎兩個月無法走路，經過大半年才終於重返球場。娜娜一直都在擔心，猶如沒有煞車器的哥哥，隨時又會在哪一刻，受到更嚴重、更不可修補的傷害……

趴在地上的葉山虎，左腿僵直了無法移動。他扭曲著臉，痛楚得護目鏡下冒出了淚水。

可是他顧不得難看，還是用餘下能活動的手腳勉力向前爬行，想去撈那顆正彈跳向底線的籃球。

——彷彿他的人生中，除了這顆球再沒有其他。

只是幾呎的距離，此刻對葉山虎卻猶如無限遙遠。他始終沒有摸到，眼睜睜看著球滾出界線。

哨音吹響。關星陽極是擔憂地跑過來看老隊友。

「沒事……」葉山虎躺著，從齒縫間吃力地說：「只是抽筋……OK……」他並向關星陽豎起拇指。

知道哥哥並沒有受甚麼重傷，葉山娜娜才抹去眼淚。身邊打氣的南曜員工也都安慰著她。

「笨蛋哥哥……」娜娜破涕為笑。

當關星陽和梅耶斯扶著葉山虎離場時，整個「南濱體育館」都響起敬重的掌聲。

同時在夏美的板凳區，森姆．昆霆站了起來，取下披著的外套。

「我可以了。」雖然比賽時間還有01:32，昆霆眼神堅定地向韓普教練說。

韓普看見昆霆這副模樣，終於再次露出笑容。他確定這場球，對手已經沒有機會。

南曜隊最後的得分，仍是來自龍健一。而且更是他這個球季裡第一顆三分球。

竟然擁有這樣的射程，龍健一的成熟度程和全面技能，令對手和所有觀眾都驚訝。

但這是毫無意義的3分。

球賽結束，比分打著101:93。夏美的最後4分都是用罰球拿到的——南曜因為最後餘下的時間不夠，不得已要使用犯規戰術令時鐘停頓。雙方實際的勝負差距，比8分要更接近。

即使如此，當昆霆再次上場時，結果其實已然決定。

稍經休息後重整了心態的昆霆，面對的是沒有了葉山虎的南曜防線。而王迅心裡還在想著自己上籃失敗的一球，集中力也減弱了。昆霆故意消耗十幾秒後，發動攻擊突破，一記準確的急停跳投，如尖刀插進南曜的心臟。擴大到7分的距離，那一刻南曜已經註定無力回天。

嗚笛一刻，王迅趴倒在球場中央，用力擂著地板，不忿地怒吼。

他從未像今晚這麼痛恨輸球。

——而且自己更在關鍵上籃的一球失手。

方宙航遠遠瞧著這個仿效他舊髮型的新人，好像看見從前的自己。

那個已經失落的自己。

甘大榮主任的襯衫都被汗水濕透了，感覺喉嚨好像火燒一樣。他被公司徵用來當打氣團長已經許多次，但從來沒有像今夜這麼激動過。

甘主任遠遠瞧著王迅跪在地上的悔恨模樣，發現了這個年輕下屬更真實的一面：他一樣擁有夢想、熱情和自我期許。

關星陽走上前，俯身拍拍王迅的肩。

「傻瓜。球季還很長呀。」

另一人亦走到王迅跟前。王迅只看見昆霆的球鞋就認出他來——畢竟他們剛才對戰了這麼久。他急忙整理情緒爬起來，面向著這個今晚砍了54分的可怕敵人。

昆霆並不是要耀武揚威，反而神情冷靜地向王迅伸出一隻拳頭。

「下次，我不會讓你做到一樣的事情。」

王迅聽了咬咬嘴唇，伸出拳頭來跟他碰碰。

「**我也一樣。**」

另一邊，龍健一已經被眾多運動記者包圍得密不透風，只能看見他高出在人群中間的臉，正在忙著應答來自四面八方的問題。明明是敗方，他受到的注目，卻超過了任何一個夏美球員。

自從展開職業球員生涯以來，龍健一被運動媒體踐踏了足足三個月，今晚立場卻一口氣逆轉。然而Ken此刻沒有露出任何笑容。他心裡只是想著輸球的事。

——明明這場能打贏……要是我的命中率再高一些……

他回答著記者的提問，心裡卻是想著，明天要再去「XST」做強化練習……

韓普到了南曜隊那邊，恭敬地跟老前輩康明斯鞠躬。康明斯顯然並不想久留，只跟韓普寒暄了幾句，就自己一個離開。

接著韓普走向仍然捂著嘴巴、呆坐在椅上的衛菱。她好幾秒後才發現對方就站在自己跟前，慌忙起立低頭行禮。

「很精彩。」韓普伸出手掌。衛菱馬上與他相握，心想：他是在說這場球大家都打得很好吧？哪料韓普又繼續說：「尤其是你把球員派出來的時間點，真的掌握得很出色。」

衛菱聽見這樣的讚賞，訝異得瞪著雙眼說不出話來。

韓普向身後瞄一瞄，確定康明斯已經離開，稍稍壓低了聲音再向衛菱說：

「假如這場球南曜隊從頭開始就是由你指揮，也許會令我更頭痛呢，哈哈……這一季，我們以後說不定還會有更重要的交手。**繼續加油啊。教練的路，不好走的。**」

衛菱激動得差點當場落淚。她根本不知道，自己這一場「考試」輸掉了，以後還有沒有機會穿著這襲教練套裝站在場邊。此刻得到一位上季仍是「都球」主教練的前輩如此肯定，她的心胸彷彿給燃點了。

「多謝指教！」

衛菱再一次深深向韓普鞠躬。

跑攻籃球

RUNNING 5IVE

｜上｜——完

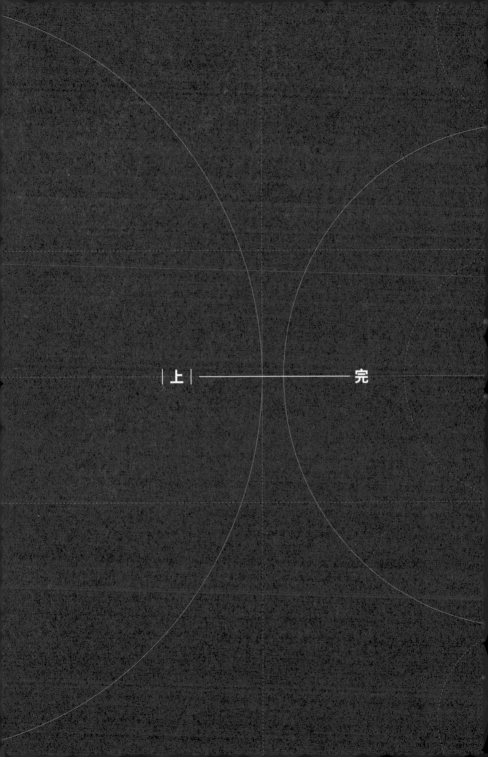

後記

沒有Kobe Bryant，大概就不會有《跑攻籃球》。

2013年，為了率領湖人隊打入季後賽而拚死戰鬥的Kobe，在4月遭受阿基里斯腱斷裂的重創。正常來說，一個已經快將三十五歲的球員，受到這種程度重傷，已經可以宣佈退役。但是Kobe那股「Mamba Mentality」的堅執意志卻真不是說笑，他以異常驚人的速度完成了手術後復健和重新開始練習，在同年12月就神速回歸NBA。

當時我獲得香港Nike的邀請，為Kobe復歸和推出新球鞋，負責一個宣傳企劃：以Kobe的生涯和精神作主題，寫了一系列九個短篇籃球小說。

籃球對我來說雖然是發生得很晚的事（年過二十之後），但一直是我最熱愛的運動，當上NBA球迷，也是早從1992年看Michael Jordan與公牛隊二連霸就開始；而我以小說家出道，是在那幾年後的事情。可是在接到這個企劃之前，多年來都沒有動過「籃球＋小說」這樣的念頭；第一次去Nike公司開會的時候，心裡其實懷著顧慮和不安：「寫籃球小說，真的行嗎？」

結果完全出乎我預料。很多人認識我是因為武俠小說，但其實我的寫作生涯前面十幾年，都花在不斷嘗試開發全新類型和題材上。但即使如此，我從來沒有一次像寫這個Kobe系列，這麼快就從無到有地塑造出新類型與寫法來：僅僅花了不到一個星期就擬定出全部九篇人物和大綱，並且在短時間摸索到怎樣用自己擅長的動作描寫呈現籃球比賽。那種行雲流水的感覺，就像2014年總決賽裡的馬刺隊（啊，當時還沒到2014）。

那股爆發力與熱情，甚至令我回想自己最初寫小說的歲月。

完成那個籃球小說企劃之後，我心裡就暗暗下了個決定：一定要再寫。因為實在太有趣了。

因此就有了你們捧在手上這部《跑攻籃球》。

籃球跟地域有很密切的關連。在構思《跑攻》時我考慮了很久，最終決定以一個虛構的城市作背景，因為這樣我可以更自由地設定故事元素，而且我希望不同地方的籃球迷讀到這個故事，也會有相近的感覺。

故事中這個不具名的都市，是許多亞洲城市的綜合體，主要包括香港、台北和東京；雖然居民以華人為主，但同時非常國際化，裡面生活著很多不同族裔的人物，好像主要角色龍健一和葉山虎都是混血兒。

至於裡面的籃球世界設定，也結合了不同亞洲地區籃壇的特徵。例如本地人對職業籃球的狂熱程度，跟菲律賓相似；企業球隊的制度，主要是參考日本；至於組別升降的情節構想，我則從香港的甲組籃球取得靈感。

跟很多人熟悉的高中籃球動漫不一樣，我這部書選擇了去寫大人的籃球——或者更準確一點說，是「社會人」的籃球。

《跑攻》這個故事，是關於追逐夢想。在我心目中，「夢想」這件事並不是單純地「我想得到某樣東西」；怎樣去取得它的過程，也是夢想的一部分。

學生運動員，燃燒有限的青春，一往無前地追逐勝利，固然動人；但是已經投身社會的人，面對複雜的世界，受制於生活上許多羈絆，經歷過磨蝕、遺忘和悔恨，仍然抓著自己相信的東西拒絕放棄，那是一種不同形式的熱血。

而籃球，只是呈現這種情感的載體。

從一開始我就決定，《跑攻》將是一部非常重視圖像的作品，甚至可以定位為「文字為主的圖文小說」。

因為籃球，畢竟是很「視覺」的東西。

馮展鵬是我敬佩已久的香港畫家，記得許多年前我出道不久，看見他為別人畫小說封面，就恨得我牙癢癢（笑）。

終於到了2013年寫Kobe短篇時，Nike需要找人繪畫配圖，我二話不說就拉他合作。出來的成果，我想很多籃球迷見了都用「驚艷」來形容。

當時我就知道，要再寫籃球小說，不能沒有他。

《跑攻籃球》這部小說，雖然由我發起和主導創作，但是整體呈現在大家面前的，是我和展鵬的共同作品。

擁有能夠互相傳球助攻的隊友，實在是一種很棒的感覺。

喬靖夫

二零二零年一月十四日

國家圖書館出版品預行編目資料

跑攻籃球. / 喬靖夫著. -- 初版. -- 臺北市 : 蓋亞文化, 2020.02
面； 公分. -- (喬靖夫刀筆志 ; 5)
ISBN 978-986-319-471-2(平裝)

857.7 109000385

喬靖夫刀筆志 005

跑攻籃球

RUNNING 5IVE

上

作　　者　喬靖夫
插　　畫　馮展鵬
設　　計　faminik
總 編 輯　沈育如
發 行 人　陳常智
出 版 社　蓋亞文化有限公司
地址：台北市103承德路二段75巷35號1樓
電話：02-2558-5438　　傳真：02-2558-5439
電子信箱：gaea@gaeabooks.com.tw
投稿信箱：editor@gaeabooks.com.tw
郵撥帳號 19769541　戶名：蓋亞文化有限公司
法律顧問　宇達經貿法律事務所
總 經 銷　聯合發行股份有限公司
地址：新北市新店區寶橋路二三五巷六弄六號二樓
電話：02-2917-8022　　傳真：02-2915-6275
初版一刷　2020年02月
定　　價　新台幣 350 元
Published and printed in Taiwan

ISBN 978-986-319-471-2